N & K

Frode Grytten

Eine Frau in der Sonne

Liebesgeschichten zu Bildern
von Edward Hopper

Aus dem Norwegischen
von Ina Kronenberger

Nagel & Kimche

Die Übersetzung aus dem Norwegischen wurde
freundlicherweise durch NORLA unterstützt.

Titel der Originalausgabe: *Rom ved havet, rom i byen*
Oslo, Det Norske Samlaget 2007

1 2 3 4 5 13 12 11 10 09

Herstellung: Andrea Mogwitz und Rainald Schwarz
Satz: Filmsatz Schröter, München
Druck und Bindung: Friedrich Pustet
Printed in Germany
ISBN 978-3-312-00428-7

Zimmer am Meer

Edward Hopper (1882–1967)
Rooms by the Sea, 1951
Öl auf Leinwand, 74,3 × 101,6 cm
Yale University Art Gallery
Testamentarisch vermacht von
Stephen Carlton Clark, B. A. 1903

24 | Er wurde von ihrem heißen, stoßenden Atem geweckt. Eine sonderbare Art, ihm einen guten Morgen zu wünschen, wie er fand. Er wollte sich im Bett aufrichten, aber sie drückte ihn zurück. Die Morgensonne füllte Teile des Zimmers. Durch die offene Tür hörte er Seevögel schreien und Wellen, die sich leise brachen. Kaum war ihm eingefallen, wo sie sich befanden, tauchte er wieder ab in ein weißes Nichts.

23 | So beginnt ein perfekter Tag, sagte seine Frau hinterher. Sie streichelte seinen Penis, während die Erektion nachließ. Er spürte seinen Herzschlag unter der Haut. Der Rhythmus wurde langsamer, wie nach einer sportlichen Leistung.
Er ist immer so ernst, sagte sie.
Findest du?, fragte er.
Ja, aber ich habe ihn zum Lachen gebracht.
Sie setzte sich auf seinen Bauch, um ein Foto zu machen. Er protestierte und hielt eine Hand vor die Linse. Sie stellte die Kamera zurück auf den Nachttisch und legte sich auf seine Brust.
Was willst du heute machen?, fragte sie. Sie sah ihn an mit einem Blick, den er lange nicht mehr gesehen hatte.
Das musst du wissen, sagte er.
Muss ich?, fragte sie.
Ja, das hier war doch deine Idee, oder?
Er streichelte ihre Hüfte. Er hatte nicht gereizt wirken wollen, war ganz gerührt gewesen, als sie ihn vor ein paar Tagen bei der Arbeit angerufen hatte. Sie hatte hier draußen ein Zimmer reserviert und für sie beide einen freien Tag organisiert. Die Kinder waren bei ihren Eltern.

Hast du etwas geträumt?, fragte sie.
Nichts, woran ich mich erinnern könnte. Und du?
Ja, ich habe geträumt, ich sei bei Filmaufnahmen dabei gewesen. Ich weiß nicht mehr genau, was für ein Film es war, aber ich weiß noch, dass meine einzige Aufgabe darin bestand zu sagen: O wie schön!
Hast du es hingekriegt?
Nein, die Aufnahmen gingen alle schief. Schließlich hat mich der Regisseur beiseite genommen und gesagt, er habe eine andere Rolle für mich. Es sei eine viel größere Rolle, aber mir war klar, dass er log.

22 | Sie waren in der Abenddämmerung zu Hause losgefahren. Auf der Fähre hatten sie zusammen an Deck gestanden und das Licht des Leuchtturms auf der Insel verfolgt, er sandte immer vier kurze Signale und ein langes aus. Bevor sie zu Bett gingen, hatten sie auf der Veranda Wein getrunken, die Nacht war warm gewesen und von dieser eigenartigen Finsternis der letzten Augusttage. Seine Frau wäre gern länger aufgeblieben, aber er war zu müde. Beim Einschlafen hatte er klopfende Motorengeräusche gehört, das unermüdliche Tuckern der Fischerboote, die rausfuhren, um nach Sprotten zu suchen.

21 | Soll ich zuerst duschen?, fragte sie und stieg aus dem Bett, ohne die Antwort abzuwarten. Er blieb liegen und beobachtete eine Fliege, die auf dem Nachttisch auf dem Rücken lag. Im Wasserglas hatten sich an der Seite Luftbläschen gebildet. Er nahm die Kamera und fing das Zimmer im Sucher ein. Das Sonnenlicht hinterließ kleine Flecken an der Wand und auf dem Boden. Schmale Streifen

wurden breiter, wenn sie den Boden trafen und auf das Bett kletterten, auf dem er lag. Er rauchte und konnte sehen, dass der neue Tag ihn bald einholen würde.

20 | Nach dem Frühstück schlug sie vor, einen Ausflug zu machen. Sie wollte sich die Insel gern bei Tageslicht ansehen. Außerdem gehöre zu einem perfekten Tag eine Autofahrt. In Ordnung, sagte er.

Hast du mein Handy gesehen?, rief er, nachdem er sich die Zähne geputzt hatte.

Seine Frau saß schon im Auto und hatte die Seitenfenster heruntergelassen. Sie hatte ein Tuch um den Kopf gebunden und eine altmodische Sonnenbrille aufgesetzt. Über den Rand der Brille hinweg sah sie ihn an und schüttelte den Kopf.

Er ging den Pfad hinunter und stieg ein.

Bist du sicher, dass du mein Handy nicht gesehen hast?, fragte er.

Ich habe es konfisziert, sagte sie und ließ den Motor an. Das hier soll ein perfekter Tag werden. Ohne Handy. Ohne Internet. Ohne ein Wort über die Arbeit. Nur du und ich.

Du hast alles bis ins Detail geplant, stimmt's?

Sie gab keine Antwort und fuhr die Straße entlang, auf der keine anderen Autos unterwegs waren. Die Insel sah bei Tageslicht anders aus, aber immer noch schien von der Landschaft eine große Ruhe auszugehen. Die Farben wirkten, als wären sie auf eine Leinwand gebannt.

Könntest du hier wohnen?, fragte seine Frau unterwegs.

Ich glaube schon, antwortete er.

Du könntest überall wohnen, oder?

Was willst du damit sagen?

Nichts, ich erinnere mich nur, dass du das einmal gesagt hast.
Sie schwieg. Auf dem Weg zum Leuchtturm zündete er sich eine Zigarette an und freute sich darüber, dass alles bereits geplant war. Er war von der Welt abgekoppelt, konnte sich treiben lassen, ein Passagier, der auf einen perfekten Tag mitgenommen wurde.

19 | Sie war auch gestern Abend gefahren. Sie fuhr lieber als er. Sie hatten sich im Schneckentempo durch den Feierabendverkehr bewegt, und er hatte sich gefragt, was eigentlich der Sinn dieses Ausflugs war. Wann würde die Rechnung kommen? Er hatte keine befriedigende Antwort gefunden und beschlossen, die Sache auf sich beruhen zu lassen. Sie hatte so aufgeregt gewirkt, als sie ihm den Plan eröffnet hatte.
Woran denkst du, Liebster?, hatte sie gefragt, als sie den dichten Stadtverkehr endlich hinter sich gelassen hatten.
An nichts, hatte er geantwortet. Und du?
An alles.

18 | Am Leuchtturm kam ihm der Gedanke, dass erst die Dunkelheit den Turm zum Leben erweckte. Tagsüber war er ein toter Gegenstand. Sie machten einen Strandspaziergang. Zwei Tanker waren auf dem Weg nach Süden. Aus der Entfernung schien es, als bewegten sie sich nicht.
Hast du die Kamera mit?, fragte er.
Sie reichte ihm den Apparat.
Hast du einen Film mit nur 24 Bildern gekauft?
Ja, einen anderen hatten sie nicht.
 Ein Mann und ein Hund tauchten am Strand auf. Der Mann

warf einen alten Schuh in die Brandung, und der Hund stürzte sich ins Wasser, eifrig bemüht, sich den Schuh zu schnappen.
Weißt du noch, wie du mit Großvater zusammen eine Zigarre geraucht hast?, fragte sie.
Ja, antwortete er.
Als sie das erste Mal hier waren, hatte er ihre ganze Familie kennengelernt. Er hatte am Strand mit dem Großvater eine Zigarre geraucht, ein Ritual, das bedeutete, dass er in die Familie aufgenommen war. Nachts hatte sie auf der Straße im Scheinwerferlicht für ihn getanzt.

17 | Sie holte einen Korb mit Proviant aus dem Kofferraum, breitete in den Sanddünen eine Decke aus und richtete alles an. Sie aßen Hering und Brot, tranken Saft und Bier. Nach dem Essen legten sie sich auf die Decke und rauchten. Er sah zum Himmel, der jetzt wolkenlos war. Er schloss die Augen und spürte, wie ihn die Sonne wärmte.
Was gehört zu einem perfekten Tag?, fragte sie.
Ich weiß es nicht, sagte er.
Doch, sag schon, drängte sie.
Schlafen und Lieben, das sicher, sagte er.
Stimmt, sagte sie.
Und Autofahren.
Autofahren?
Das hast du selbst gesagt. Eine Autofahrt gehört dazu.
Sie lachte. Er wartete.
Und Schwimmen, sagte er.
Schwimmen?, wiederholte sie. Wie originell. Was noch?
Er lächelte ihr zu.
Das war's. Ein perfekter Tag.

16 | Auf dem Rückweg fotografierte er seine Frau von der Seite. Sie fuhr schnell über die schmalen, kurvenreichen Straßen. Sie fuhr gern schnell. Der Wind zerrte an ihrem Tuch und an ihren Haaren. Ein Gefühl der Freude überkam ihn. Die Rastlosigkeit, die er am Morgen noch verspürt hatte, wich allmählich einem Gefühl der Ruhe. Sie waren außerhalb der Welt, und nichts drängte. Langsam begann er den ruhigen Rhythmus und das Geräusch der Wellen als fortwährende Tonspur im Hintergrund zu genießen. Er sah zu ihr hinüber und dachte: Warum ist es nicht immer so?

15 | Sie brachte ihm alte Zeitungen ans Bett. Er hatte schon zehn Minuten darin gelesen, bis ihm der Scherz auffiel. Sie lachte. Die Zeitungen waren vom 27. August des Vorjahres.

14 | Etwas fehlt dir noch, sagte sie, als sie nachmittags auf dem Bett lagen, das Licht hatte immer noch diese Reinheit und Klarheit, etwas Unschuldiges, das mit den Bewegungen der Vorhänge stärker und schwächer wurde.
Was denn?, fragte er.
Träume, sagte sie. An einem perfekten Tag muss man träumen.
Nein, das geht nicht, sagte er. Wovon soll man an einem perfekten Tag träumen?
Ohne Träume geht man zugrunde, sagte sie.
Eine Weile lagen sie schweigend da.
Vielleicht sollte man das Paradies meiden, sagte er.
Wieso?
Na ja, vom Paradies kann man träumen, aber man kann nicht hinfahren.

Wie meinst du das?
Es kann sich schnell zeigen, dass das Paradies zu schön ist, um wahr zu sein.
Sie wartete. Ich verstehe dich nicht, sagte sie schließlich.
Ich auch nicht, sagte er.
Sie lachten.
Sie rollte sich auf ihn und strich ihm über die Haare.
Warum machst du das alles?, fragte er.
Sollte ich nicht?
Doch, aber warum?
Weil du einen solchen Tag verdient hast.
Tatsächlich?
Ja, du hast einen perfekten Tag verdient. Alle haben hin und wieder einen perfekten Tag verdient. Von den anderen Tagen gibt es schon genug, stimmt's?

13 | Sie machte sich im Bad fertig und rief ihm zu: Sehe ich gut aus? Sie sehe sehr gut aus, antwortete er. Bist du bereit für ein perfektes Abendessen?, fragte sie. Er sei sehr bereit, antwortete er. Sie fuhren vom Haus zum Hotel, das auf einer Felskuppe über dem Hafen lag. Sie stiegen aus und nahmen sich bei der Hand. Er fragte, ob sie das Auto nicht abschließen wolle. Sie schüttelte den Kopf und sagte, sie befänden sich außerhalb der Welt. In einem Umkreis von zehn Kilometern gebe es keinen einzigen Autodieb. An der Rezeption begrüßte seine Frau die Angestellten. Er fragte sich, ob sie schon einmal hier gewesen war, vielleicht, um den Tisch zu bestellen. Im Restaurant wurden sie mit großem Jubel und Applaus empfangen. Er sah sich um und starrte in bekannte Gesichter. Das Restaurant war voll mit ihren Freunden. Er begrüßte jeden, registrierte dabei kaum,

wer alles da war. Er war ihnen auf den Leim gegangen. Alle lachten und amüsierten sich köstlich. Sie fotografierten ihn und erzählten, wie sie ihm den Plan fast verraten hätten. Er starrte seine Frau an. Auch sie lachte.

12 | Auf dem ganzen Film gibt es nur ein einziges Bild von Vera. Sie sitzt im Hintergrund am Fenster, trägt ein schwarzes Kleid und ein weißes Top. Sie prostet dem Fotografen zu und lächelt.

11 | Beim Abendessen hatte er das Gefühl, jede Bewegung würde ihn verraten. Wie er saß, wie er lachte, wie er die Gabel zum Mund führte. Alles verriet ihn. Wie er sie begrüßt hatte, wie er alle anderen geküsst und umarmt, ihr aber nur die Hand gegeben und hallo gesagt hatte. In seinem Alltag hatte er eine Art gefunden, damit zu leben, eine Art zu gehen, eine Art zu reden. Jetzt saß Vera im selben Raum, und ihm war klar, dass sie den ganzen Abend über bleiben würde. An jedem anderen Tag hätte er sich gewünscht, dass sie ihm nahe war. Heute war es, als wäre sie in ein Zimmer eingedrungen, in das sie nicht gehörte. Zum ersten Mal war er verärgert darüber, dass sie da war, wo er war. Er begriff nicht, wie sie die Einladung annehmen konnte.

10 | Der Alkohol entspannte ihn. Kellner in Schwarzweiß brachten Essen und Getränke. Die Leute würden Toasts ausbringen und Witze erzählen. Seine Frau hielt eine kleine Rede und las einen Liedtext vor, der von einem perfekten Tag handelte.
Die ganze Zeit über war ihm bewusst, wo im Raum Vera sich befand. Er konnte ihr folgen, ohne sie anzuschauen.

Irgendwann während des Abendessens merkte er, dass sie in den Garten ging, um frische Luft zu schnappen. Er musste sich eingestehen, dass diese Frau seine Richtung, sein Tempo, sein Ziel verändert hatte. Sie hatte alles verändert.
Das Stimmengewirr im Lokal schwoll an. Er schnappte Bruchstücke der Unterhaltungen auf, Details, die keinen Sinn ergaben, weil er nur Teile des Gesagten hörte. Er sah sich um und begriff, dass sich sein ganzes Leben in diesen Gesichtern spiegelte.
Es ist lange her, dass ich dich so gut gelaunt gesehen habe, sagte seine Frau. Geht es dir gut?
Perfekt, antwortete er.

9 | Das erste Mal hatte Vera nur angerufen und gefragt, ob sie einen Ausflug mit dem Auto machen wollten. Keiner von ihnen brauchte etwas zu erklären. Sie hatte ihn eine halbe Stunde später abgeholt. Sie waren zu einem Campingplatz vor der Stadt gefahren. Der erste Schnee des Jahres wirbelte herab, und sie liefen den Strand entlang bis zum Sprungturm. Zurück im Auto hatten sie sich unterhalten, bis der Schnee den Wagen langsam zugedeckt hatte.
Würdest du mir einen Gefallen tun?, hatte sie gefragt, als man nicht mehr hinaussehen konnte.
Ja?
Würdest du mich küssen?

8 | Das Abendessen endete mit Zigarren auf der Veranda. Die Balkontüren standen offen, damit frische Luft hereinkam. Der Abend war mild und weit. Der Leuchtturm pumpte seine Signale über eine blanke Wasseroberfläche,

draußen fuhr hell erleuchtet ein Kreuzfahrtschiff vorbei. Erneut machte sich ein Gefühl der Unruhe in ihm breit.

7 | Nach Mitternacht sah er Vera allein draußen sitzen. Er ging hinaus und setzte sich zu ihr, nahm eine Zigarette heraus und zündete sie an. Er bemerkte, dass ihr Gesicht weniger vom Alkohol gezeichnet war als bei den anderen. Sie konnte nicht so viel trinken, sie musste aufpassen.
Hattest du einen perfekten Tag?, fragte Vera.
Er ist noch nicht vorbei, antwortete er.
Er durfte sie nicht berühren. Nichts anderes wollte er, aber er konnte sie nicht einmal anschauen. Ein Blick, und sie wären entlarvt. Er brauchte sie nicht zu berühren oder anzuschauen, dachte er. Er konnte spüren, dass sie da saß, er wusste, wie es sich anfühlte, wenn er ihre Haut berührte, er wusste, wie sie aussah, wenn sie schlief.

6 | Das Restaurant hatte zum Garten hin gebogene Fenster. Drinnen waren die Menschen in Licht getaucht, einige tanzten, andere hielten ein Glas in der Hand. Die Bewegungen hatten sich verändert, der Alkohol hatte das Tempo verlangsamt. Sein Blick fiel auf seine Frau, sie war von vier Männern umringt.
Ich verstehe dich, sagte Vera und nickte zu seiner Frau.
Was verstehst du?, fragte er.
Ich verstehe, wie du denkst. Du willst alles haben, stimmt's?
Du verstehst nichts, sagte er. Wäre ich dir zuerst begegnet, hätte ich dich geheiratet.
Aber du bist ihr zuerst begegnet, sagte sie und stand auf. Oder?

5 | Er erinnerte sich daran, wie sie einmal mehrere Tage zusammen verbracht hatten. Sie hatten in New York an einem Hotelfenster gesessen, in einem der vielen Zimmer, in denen sie zusammen gewesen waren und die sie nach einer Weile wieder abschließen und hinter sich lassen mussten. Er wusste die Nummern noch auswendig, Zimmer 409, Zimmer 55, Zimmer 1521, Zimmer 209, Zimmer 704. In New York war es Zimmer 2126. Sie hatte am Fenster gesessen, die Beine untergeschlagen, die Stadt unter ihr hatte geblinkt und gerauscht, die Lichter New Yorks waren ein einziges Leuchten, das die Nacht in Schach hielt. Er hatte sich zu ihr ans Fenster gesetzt und gedacht: Jetzt, in diesem Augenblick, habe ich alles, was das Leben zu bieten hat.

4 | Er riskierte es, den letzten Tanz mit ihr zu tanzen. Sie flüsterte ihm ins Ohr. Was sie am meisten vermisse, seien all die gewöhnlichen Dinge. Zu sehen, wie er sich die Zähne putze. Ihm eine Tasse Kaffee zu kochen. Sich vor ihm auszuziehen, ohne dass sie sich deshalb gleich lieben würden.
Ich will mit dir leben, flüsterte er.
Er wusste nicht, warum er das sagte. Er wusste nicht einmal, ob er es ernst meinte.
Und ich will mit dir leben, sagte sie. Nur wann? In vierzehn Tagen? In einem Jahr? In zehn Jahren?
Ich weiß es nicht.
Doch, du weißt es, du weißt es genau.
Ich weiß es nicht.
Hast du es ihr erzählt?
Er schüttelte den Kopf. Er hatte sich die Sätze im Geist vorgesagt, immer wieder. Er hatte die Worte gedreht und

gewendet, aber er hatte nichts gesagt. Er hatte keine Erklärung dafür. Manche Dinge kann man nicht erklären. Manche Sätze kann man nicht vollenden.

Und du wirst es ihr auch nicht erzählen?

Ich weiß es nicht.

Aber ich weiß es. Du wirst es nicht tun. Du bist zu feige.

Sie ließ ihn los und blieb auf der Tanzfläche stehen. Er streckte die Hand nach ihr aus.

Sei nicht so melodramatisch, sagte er. Das ist nicht dein Stil.

Was weißt du schon von meinem Stil?

Wir müssen darüber reden, wenn wir beide ruhiger sind.

Ich könnte nicht ruhiger sein. Und immerhin bin ich schlau genug, eine Ehe nicht kaputtzumachen.

Er antwortete nicht. Er spürte, dass die Melancholie wie ein Hund wieder bei ihm angekrochen kam.

Und jetzt kannst du den Rest der Nacht mit deiner Frau verbringen, sagte sie und ging.

3 | Als sie im Taxi saßen, kam jemand mit der Kamera angelaufen. Sie hatten sie im Restaurant vergessen. Jemand machte ein Foto durch das offene Seitenfenster. Auf dem Weg zum Ferienhaus schlief seine Frau an seiner Brust ein. Der Fahrer hatte das Radio eingeschaltet, eine Sendung, bei der die Hörer anrufen und ihren Liebsten Grüße schicken konnten. Ein Mann erzählte, er sei 49 und geschieden. Ich bin kurz davor zusammenzubrechen, sagte der Mann.

2 | Sie war betrunken, bestand aber darauf, dass sie sich liebten. Sie zog ihn zu sich heran, kicherte und rollte über das Bett. Er würde sie verlieren, dachte er, er würde sie verlieren und hatte sie noch nie so sehr geliebt.

Ihre Körper fanden automatisch alte Stellungen wieder, aber diesmal mit einer Rastlosigkeit und einer Lust, die in den letzten Jahren gefehlt hatte. Er küsste Stellen ihres Körpers, die ihm nie wichtig gewesen waren: Schultern, Handgelenke, Zehen, Nacken. Er wollte auch diese Stellen von ihr zurückgewinnen. Er berührte sie überall, holte jedes Detail zurück, das er verloren hatte.
Sie flüsterte: Hattest du einen perfekten Tag?
Er dachte: Jetzt kannst du mich verlassen.

1 | Das Licht war matt, als er erwachte, als wäre der Tag noch nicht vollständig entwickelt. Er spürte, wie er fror. Die Decke hatten sie auf den Boden gestrampelt. Das Zimmer roch nach Meer und Sex. Neben ihm atmete seine Frau, gleichmäßig und friedlich wie die Wellen draußen. Er lag wach und konnte nicht wieder einschlafen. Er nahm eine Zigarettenschachtel vom Nachttisch, steckte sich eine Zigarette in den Mund, zündete sie nicht an. Er starrte auf die Schatten, deren Form sich langsam veränderte, je mehr der neue Tag ins Zimmer drängte.

Eine Frau in der Sonne

Edward Hopper (1882–1967)
A Woman in the Sun, 1961
Öl auf Leinwand, 101,92 × 155,58 cm
Whitney Museum of American Art,
New York
Schenkung zum 50. Jahrestag des
Museums von Herrn und
Frau Albert Hackett zu Ehren von
Edith und Lloyd Goodrich
Foto: Sheldan C. Collins

Ein silberfarbenes Auto kam in der Morgensonne die Straße herauf. Staubwolken hingen über dem Kombi wie ein leuchtender Schatten. Ein paar hundert Meter vor dem Haus hielt der Wagen, und der Fahrer stieg aus. Die Person war zu weit weg, als dass sie erkennen konnte, ob es ein Mann oder eine Frau war. Es war nur eine schwarze Silhouette am Horizont.
Kurze Zeit später verschwand die Person, bevor sie oder er sich auf einem Hügel näher am Haus zeigte. Aufgrund der Bewegungen und der Körperform tippte sie auf einen Mann. Der Typ hielt etwas an sein Gesicht, ein Fernglas oder eine Kamera. Plötzlich wurde ihr bewusst, dass sie, die erste Zigarette des Tages in der Hand, nackt hier stand.
Dass der Mann sich nicht bewegte, beunruhigte sie. Er stand dort unten wie festgefroren. Es sah aus, als starrte er zum Haus herauf, sein Gesicht zeigte weder zur Bucht noch zu den Vögeln in der Luft. Sie überlegte, ob es irgendwo im Haus ein Fernglas gab, sie wollte ihn genauso deutlich sehen, wie er sie möglicherweise sah.
Beunruhigt ging sie zum Nachttisch, nahm ihr Handy und wählte Lloyds Nummer. Es dauerte eine Weile, bis er antwortete. Die Stimme klang verschlafen. Sie sah ihn vor sich, wie er in der Wohnung in der Lower East Side im Bett lag, mit morgenwarmer Haut, zerzausten Haaren, in die Laken gewickelt, so wie er immer schlief.
Hallo, Schatz. Bist du wach?
Fast. Wie spät ist es?
Gleich neun. Was machst du heute?
Ich habe ein paar Meetings, ansonsten bin ich im Büro. Ist alles in Ordnung bei dir da oben?
Ja, alles in Ordnung.

Gibt's was Besonderes?
Nein, ich wollte nur deine Stimme hören.
Ist gut, Liebling. Du klingst bestens.
Sie vermisse ihn, sagte sie. Dann beendete sie das Gespräch.
Als sie zum Fenster zurückkam, war der Mann mit dem Auto verschwunden. Draußen war es still, nur das Meer rauschte leise, und eine leichte Brise wehte die Vorhänge ins Zimmer. Die Morgensonne zeichnete auf Boden und Wände Quadrate aus Licht.
Sie blieb stehen mit dem Gefühl, der neue Tag habe ihr eine Last aufgebürdet. Sie hatte zu lange gewartet, sie hatte so lange gewartet, dass sie sich jetzt zu dieser Übung zwingen musste. Sie hätte mit der Wut der ersten Wochen sofort loslegen sollen.
Gestern war sie durch das Haus gestreift, hatte am Fenster gestanden, sich auf die Bettkante gesetzt. Sie hatte den Tisch angestarrt, den Teppich, die Regale, die Lampen, den Kühlschrank, die Stapel *Das Beste* im Keller, die Drucke an den Wänden. Die Gegenstände im Haus hatten keine Bedeutung mehr, es waren nur Objekte, wie Waren in einem Laden, der dicht gemacht hatte oder in Konkurs gegangen war.
Sie stellte das Radio an, um in dem stillen Zimmer Stimmen um sich zu haben, aber genau wie am Abend zuvor war nur statisches Summen zu hören, als lägen die Kanäle zu dicht beieinander und kämen gleichzeitig herein. Sie ging in die Küche, um sich einen Kaffee zu kochen.
Motorengeräusche kamen näher. Durch das Küchenfenster sah sie einen silberfarbenen Range Rover von der Hauptstraße hochkommen. Es musste das Auto sein, das sie auf der Straße unten an der Bucht gesehen hatte. Sie ging ins

Badezimmer und zog sich einen Morgenmantel über. Ihr war klar, dass es der Makler war. Er kam nur zwei Stunden zu früh.
Sie ging ruhig zur Tür und öffnete.
Der Makler war ein großer, kräftiger Mann in ihrem Alter. Er hatte dunkle Haare, die mittlerweile mit vielen grauen durchsetzt waren. In der einen Hand hielt er eine Mappe, in der anderen den Autoschlüssel. Er warf einen Blick auf den Morgenmantel und ihre Brüste, die nicht ganz bedeckt waren. Sie zog den Morgenmantel fester um sich und fragte, ob er nicht zwei Stunden zu früh sei. Er sah in seinen Papieren nach und sagte, er könne später wiederkommen, wenn es ihr besser passe. Sie lächelte und bat ihn herein.
Sie können sich umsehen, während ich Kaffee koche, sagte sie und ging wieder in die Küche.
Sie überlegte, dass es der Makler gewesen sein musste, der das Haus vom Hügel aus fotografiert hatte. Jetzt ging er von Zimmer zu Zimmer, machte sich Notizen und knipste mit einer Digitalkamera ein paar Bilder. Gestern hatte sie geputzt und aufgeräumt. Es hatte nach Staub und Vergangenheit gerochen, aber die Arbeit war ihr leichter gefallen als gedacht. Das Haus war immer noch in gutem Zustand.
Der Makler kam in die Küche. Er begann zu erklären, wie er arbeite, wie das Haus seiner Meinung nach am besten zu verkaufen sei. Er sprach von der Professionalität und Ortskenntnis der Firma. Sie merkte, dass sie gar nicht zuhörte, sie nickte nur, während er sprach, schenkte Kaffee ein und bat ihn, Platz zu nehmen.
Das Haus ist toll, sagte der Makler. Hier kann man gut und bequem wohnen.

Vielleicht, sagte sie. Aber das hier ist keine Affekthandlung.
Ich weiß. So war es nicht gemeint. Es kommt nur so selten vor, dass wir diesen Typ Haus zum Verkauf haben, so ungestört und mit Blick über die Bucht.
Er hielt inne.
Das mit Ihren Eltern tut mir leid, sagte er dann.
Automatisch war sie auf der Hut. Eine Art Instinkt, der ihr früher schon aufgefallen war, als wäre es allein ihre Trauer, ein Ereignis, das sie nicht teilen wollte. Aber Truro war eine kleine Stadt, alle kannten sich, und der Makler war natürlich informiert.
Was Sie in die Zeitung gesetzt haben, fand ich sehr schön, sagte er. Ein würdiger Abschied.
Sie bedankte sich mit derselben reservierten Haltung, die sie immer einnahm, wenn sie für etwas, das sie geschrieben hatte, gelobt wurde. Sie freute sich, hatte aber zugleich das Gefühl, es sei eigentlich nicht der Rede wert.
Wann haben Ihre Eltern das Haus gekauft?, fragte der Makler.
Es muss Anfang der Sechziger gewesen sein.
Ich tippe mal, der Preis ist seitdem um das Fünfzehn- oder Zwanzigfache gestiegen. Wissen Sie, was sie bezahlt haben?
Das wisse sie nicht, antwortete sie. Sie bat den Makler weiterzuarbeiten und ging ins Badezimmer. Dort zog sie sich aus und betrachtete sich im Spiegel. Sie mochte den Makler. Er hatte eine ruhige und natürliche Art, die ihr gefiel.
Als sie herauskam, fotografierte er gerade die Aussicht aus dem Schlafzimmer.
Er drehte sich um und sah sie an.
Sie sehen gut aus, sagte er spontan.

Ohne um Erlaubnis zu fragen, nahm er die Kamera hoch und fotografierte sie. Er tat es scherzhaft, und sie posierte ironisch für ihn. Sie lachten.

Sie fragte, ob er das Haus von der Bucht aus fotografiert habe. Er schüttelte den Kopf, er sei über die Hauptstraße gekommen.

Aber Sie haben dasselbe Auto, sagte sie.

Dasselbe Auto wie wer?, fragte er.

Der Makler lächelte. Er müsse ihr ein Geständnis machen, sagte er. Normalerweise machte er selbst keine Hausbesuche mehr, dafür hatte er seine Leute, aber diesen Job hatte er angenommen, weil er das Haus von innen sehen wollte. Er war neugierig darauf, wie die Zimmer aussahen.

Warum?, fragte sie.

Na ja, eigentlich hatte ich Lust, Sie nach all den Jahren wiederzusehen.

Er sah sie an und wartete auf eine Reaktion. Sie sagte nichts.

Ich erinnere mich an Sie, damals, an die vielen Sommerferien. Ich erinnere mich an Sie, aber Sie erinnern sich wohl nicht an mich.

Nein.

Er reichte ihr eine Visitenkarte, darauf stand *Nick Corso*.

Sie fing an zu lachen. Sie machte den Mund auf und lachte, konnte sich nicht beherrschen. Es war ein Lachen, wie es einen überkommt, wenn man plötzlich Zusammenhänge sieht, die man vorher nicht gesehen hat, wenn sich die Welt von neuem und unerwartet öffnet. Sie nahm seine Hand und umarmte ihn.

Wie ist es dir ergangen, Nick?

Ich wollte dich gerade dasselbe fragen. Einiges weiß ich ja, ich glaube, ich habe alles gelesen, was du geschrieben hast, aber es ist so komisch, dich wiederzusehen.
Sie schlug die Hände vorm Gesicht zusammen.
Bist du es wirklich, Nick?
Ja.

Am Mittag trieb die Hitze sie aus dem Haus. Auch ertrug sie es nicht, sich zu lange am Stück in den Zimmern aufzuhalten. Irgendwo hatte sie gelesen, dass ein Haus die Biographie der einfachen Leute ist, das Haus ist die Erzählung, die sie hinterlassen. Sie fragte sich, was für eine Erzählung es wohl war.
Sie fuhr mit dem Leihwagen zum Strand, wo die Urlauber tapfer ausharrten. Es war noch eine Woche bis Labor Day und mindestens so heiß wie im Sommer. Kinder bauten Sandburgen. Zwei, drei Surfer versuchten, auf den Wellen zu reiten, aber es war nicht windig genug. Das Meer dehnte sich endlos aus, und der Himmel hatte dieses Blau, das sie immer wieder unerklärlich fand.
Sie schwamm, genoss es zu spüren, wie sich der Körper im kalten Wasser abmühte. Das hatte sie als kleines Mädchen geliebt, so lange zu schwimmen, bis der Körper ihr Einhalt gebot. Ihre Eltern hatten sie immer vor den Strömungen gewarnt, aber sie schwamm gern so weit raus, dass sie nicht mehr zu sehen war.
An Land ließ sie sich in der Sonne trocknen und atmete die salzgereinigte Luft. Nach dem Bad fühlte sie sich frei und erleichtert. Sie hatte die Stadt hinter sich gelassen, die Stadt mit ihren lauten Stimmen, den Ampelkreuzungen, den U-Bahnen, der Hitze in den Taxis, den Arbeitsessen,

den späten Dinnereinladungen, Männern in teuren Anzügen, Frauen in schicken Kostümen, Frauen wie sie.
Sie machte einen Spaziergang bis zum Ende des Strands. Das Meer hatte Rundhölzer und Seegras an Land gespült. Sie spürte die Sonne im Nacken und den Sand unter den Füßen. Überlegte, dass die Formen in der Natur unschuldig waren, sie wurden niemals alt, erfanden sich immer wieder neu. Das mit Nick war unglaublich, ihn nach all den Jahren wiederzusehen. Er war gekränkt gewesen, dass sie ihn nicht erkannt hatte, aber sie hatte ihn damit getröstet, dass ihr Gedächtnis viel zu schlecht war, um zurückzublicken.
Sie hatte im Leben immer nach vorn geschaut, nach vorn, bei der Arbeit und auch bei den Männern. Ihre Freundinnen scherzten, dass sie stets zwei Zeitungsjobs und zwei Männer brauche. Sie hatten recht. Sie war gern auf Beutezug gegangen, hatte die Spannung gesucht, wenn etwas neu war, sie war gern diejenige, die führte und bestimmte.
Jetzt war sie in einem Alter, in dem frühere Liebhaber allmählich starben. Sie hatte eine Liste über die Männer erstellt, die sie geliebt hatte, total idiotisch, dabei hatte sie festgestellt, dass einige nicht mehr lebten. Nick hatte es nicht einmal auf die Liste geschafft, sie wusste nicht, warum, vielleicht, weil sie an die Sommer auf Cod als Episoden aus einem völlig anderen Leben dachte, Episoden auf einem unschuldigen und vergessenen Planeten.
Auf dem Rückweg fiel ihr auf, dass das Ferienhaus aus der Distanz verlassen aussah. Ein einsames, weißes Gebäude. Alles verfügbare Licht fiel auf das Haus, und ihr kam der Gedanke, dass es bald vom Boden abheben würde. Sie war diejenige, die das Haus noch ein paar Tage nach unten

drückte, dafür sorgte, dass es an seinem Platz blieb, bevor es langsam in die Luft stieg.
Draußen neben der Wäscheleine fand sie ein paar Kippen. Eine glühte noch. Am Beet vor dem Fenster entdeckte sie frische Fußspuren. Sie blieb stehen und starrte auf die dünne Rauchsäule, die von der Zigarette aufstieg. Sie fragte sich, wer während ihrer Abwesenheit hier gestanden haben mochte.
Drinnen zog sie sich aus und ging unter die Dusche. Hatte jemand sie im Schlaf beobachtet? Wurde sie überwacht? Im Wohnzimmer klingelte das Handy. Sie ging ran, dachte, es sei Lloyd. Es war ihr Chef, der wissen wollte, wie es ihr ging.
Ich verstehe, dass das besondere Tage für Sie sind, sagte er. Aber um gleich zur Sache zu kommen, wir kriegen vielleicht ein Exklusivinterview mit Paul van Riper.
Ja?
Der Redakteur sagte, sie habe van Riper so hervorragend porträtiert, dass sie das Vertrauen des Generals gewonnen habe. In einer Mail an die Zeitung habe er geschrieben, er sei zu einem Interview bereit, wenn sie es führe.
Und was sagt der General?, fragte sie.
Tja, der Mann ist ziemlich extrem. Er behauptet, die Todeszahlen auf der amerikanischen Seite würden sich bis auf 10 000 erhöhen, wenn sich die Irakpolitik nicht ändere. Soweit ich weiß, ist van Riper der einzige Dreisternegeneral, der einen amtierenden Präsidenten offen kritisiert.
Sie ging zum Fenster.
Ein Mensch stand auf dem Südhang. Sie fragte sich, ob es derselbe Mann war wie vorhin. Diesmal stand der Mann nicht still, er streckte die Arme aus, hüpfte auf der Stelle,

als wollte er Menschen, die weit weg waren, auf sich aufmerksam machen.
Sind Sie noch dran?, fragte ihr Chef.
Ja, ich bin noch dran, sagte sie.
Sie erinnerte sich, dass sie Paul van Riper in seinem Haus interviewt hatte. Der General hatte ein signiertes Foto von George W. Bush auf dem Klavier. Über der Küchentür hing ein Schild: *Mein Zuhause ist da, wo die Armee mich hinschickt.*
Der Redakteur sagte, sie solle darüber nachdenken, er werde sie nach dem Wochenende wieder anrufen.
Ich wollte es nur gesagt haben, fügte der Redakteur hinzu, bevor er auflegte, wir wollen wirklich Sie für diesen Job.
Sie hatte auf so vieles verzichtet, um bei der Zeitung arbeiten zu können. Ihr Wunsch war so stark gewesen; sie hatte darin eine Pflicht oder eine Berufung gesehen. Jetzt füllte die Chefredaktion das Team mit jungen, ehrgeizigen Kollegen auf. Sie merkte, dass diese gern in ihrer Nähe waren, sie war ein Fels in der Redaktion. Das erfüllte sie mit Stolz, aber auch mit Wehmut. Sie hatte die Reise schon hinter sich, von der Stelle, an der die anderen jetzt standen, bis zu dem Punkt, an dem sie mittlerweile angekommen war. Jetzt wünschte sie sich all das andere, worauf sie verzichtet hatte, nur: Jetzt war es zu spät.
Sie lief durch das Haus, sah aus dem Fenster, wollte wissen, ob der Mann noch draußen stand. Das kräftige Licht brachte alles zum Schmelzen, als würde die Landschaft ausradiert. Sie sah niemanden, nur grünes Gras, blauen Himmel, ein paar metallene Wolken, die sich über der Bucht angesammelt hatten. Wind war aufgekommen. Die Wäscheleinen schlugen gegen das Haus.

Ohne sich anzuziehen, nahm sie alte Fotoalben aus den Regalen. Sie suchte auf den Bildern nach Nick, wollte wissen, wie er damals ausgesehen hatte, fand ihn aber nicht. Sie blieb sitzen und blätterte weiter. Bei einem Bild blieb sie hängen, darauf sprangen sie und ihre Freundinnen in Truro vom Kai, ein schwarzer Hund stand am Ufer. Ein anderes zeigte ihren alten Ford, der schräg in einer Sanddüne am Meer parkte, das Auto war von hinten fotografiert, das Sonnenlicht fiel auf den Vater, der am Steuer saß.

Das schönste Bild war das von ihrer Mutter und ihrem Vater, die im Gras vor dem Ferienhaus lagen. Der Vater trug kurze Hosen, die Mutter ein geblümtes Kleid. Es war deutlich zu sehen, dass der Vater das Bild selbst gemacht hatte, indem er die Kamera hoch über sie hielt. Er lächelte, sie lag halb auf seinem dicken weißen Bauch.

Ein Gewitter rollte über das Land, als sie nach Truro fuhr. Es war frühabends, aber ein bedrohliches Blau hatte sich über Cape Cod gelegt. Die ersten Regentropfen trafen die Karosserie. Hin und wieder schlitzten Blitze die Dunkelheit auf.

Während sie nach der richtigen Adresse in Gospel Path suchte, sah sie Leute, die vom Garten, wo sie in der Sonne gedöst hatten, ins Haus umzogen. In den Fenstern tauchten Gesichter auf, die nach draußen starrten, die Leute wirkten beunruhigt, und sie begriff auf einmal, dass sie Teil eines größeren Ganzen war, ob sie es wollte oder nicht.

Nick Corso begrüßte sie mit einer Umarmung und einem Drink. Sie spürte seine Wärme und roch sein Rasierwasser.

So regnet es normalerweise nur im Film, sagte sie.

Und was für ein Film soll dieser hier sein?, fragte Nick.

Er erzählte, dass er bereits seriöse Interessenten gefunden

habe. Das Haus am Ocean Drive sei als Köder unwiderstehlich, meinte er, es werde nicht lange dauern, bis jemand am Haken zappele. Normalerweise verkauften sie solche Häuser innerhalb von vier, fünf Tagen.
Gefällt dir deine Arbeit?, fragte sie.
Um ehrlich zu sein, antwortete er, musst du ganz schön dreist sein, um ehrlich auszusehen, wenn du lügst.
Und jetzt, bist du jetzt ehrlich?
Er lachte und legte Musik auf. Fragte nach ihren Eltern. Fragte nach ihrer Arbeit in New York. Sie wollte etwas über Truro erfahren. Wollte etwas über ihn erfahren. Sie unterhielten sich über dieses und jenes. Er stellte Hähnchen auf den Tisch. Sie spürte den Alkohol als schläfrigen erotischen Kick in ihrem Körper.
Du siehst noch genauso gut aus wie damals, sagte er nach dem Essen.
Danke, sagte sie.
Bist du verheiratet?
Ich war verheiratet. Zweimal.
Dann erlosch das Feuer, wie man so sagt?
Sie lächelte.
Früher hatte sie gedacht, bei ihr sei eine durchschnittliche Beziehung kürzer als bei den Männern, sogar in ihren Ehen war es so gewesen. Es kam vor, dass sie mit einem Gefühl von Zärtlichkeit an ihre Ehemänner dachte, sie waren lange genug zusammen gewesen, dass sie sich geliebt fühlen konnte, und kurz genug, dass sie sie noch nicht satt hatte. Das hatte sie bei der Zeitung gelernt, man musste einen Punkt setzen, irgendwo musste man einen Punkt setzen.
Was weißt du noch von damals?, fragte Nick.
Ich weiß noch alles, sagte sie und lachte.

Nein, das stimmt nicht, dazu bist du nicht der Typ.
Was für ein Typ bin ich denn?
Der treulose. Er wartete. Warum hast du mich damals fallenlassen?, fragte er dann.
Ich weiß es nicht mehr, Nick.
Du weißt es nicht mehr? Wie kann es sein, dass du jemanden vergisst, dem du einmal so nahe warst?
Ihr wurde klar, dass er, während sie kaum einen Gedanken an ihn verschwendet hatte, viel an sie gedacht hatte. Sie fragte sich, ob das vielleicht die schlimmste Form der Liebe war, die im Verborgenen noch andauerte, nachdem sie vorbei war.
Ich will dir was zeigen, sagte Nick.
Er stand auf und holte eine DVD. Es war ein alter Super-8-Film, den er auf DVD gebrannt hatte. Die Qualität des Films war nicht die beste, aber er hatte sich darauf gefreut, ihr die Aufnahme zu zeigen.
Hast du was dagegen, ihn dir anzuschauen?, fragte er.
Ja, eigentlich schon, antwortete sie.
Warum?
Vielleicht hat er dir zu viel bedeutet.
Nick hörte nicht zu. Er sagte, die Aufnahme sei vom vierten Juli am Race Point Beach. Der Film war grobkörnig und flimmrig. Mädchen und Jungen saßen im Kreis um ein Lagerfeuer. Flaschen wurden geleert und Folienkartoffeln herumgereicht. Die Kamera fing einen Augenblick lang eine jüngere Ausgabe von ihr ein. Sie schnitt dem Fotografen eine Grimasse, während das Licht der Flammen ihr Gesicht mit Farbe überzog.
Der Rest der kurzen Aufnahme zeigte Nicks Freundin. Sie versuchte, sich an den Namen des Mädchens zu erinnern,

er fiel ihr aber nicht ein. Die Freundin saß in der Morgensonne am Strand, die Arme um die Knie geschlungen, die sie zu sich herangezogen hatte. Der Rock fiel in perfekten Falten bis zum Sand. Die Haare glänzten. Sie lächelte. Der Fotograf umkreiste sie ein ums andere Mal. Eine junge Frau in der Sonne.

Nick schaltete ab.

Draußen regnete es noch. Sie hörte Tropfen auf dem Dach und am Fenster.

Ich hatte alles und sah es nicht. Ich dachte, es sei nicht genug, ich müsse dich auch noch haben.

Und dann?

Er sah sie an. Willst du damit sagen, dass du es nicht weißt, oder hast du es vergessen?

Ich weiß es nicht, Nick.

Nach diesem Sommer habe ich alles verloren, sagte er.

Er erzählte, seine Freundin habe sich an einem Novembermorgen, an dem Schnee in der Luft lag, ins Auto gesetzt. Sie sei fünf Kilometer gefahren und dann mit dem Zug aus Hyannis zusammengeprallt. Als man sie herausschnitt, war zu sehen, dass sie nur einen Morgenmantel und Pantoffeln trug.

Das wusste ich nicht, Nick. Warum hast du nichts gesagt? Warum hast du nicht angerufen?

Er gab keine Antwort. Ein zartes Lächeln kam zum Vorschein. Wir beide waren vom selben Schlag, stimmt's?, fragte er.

Sie stand auf und ging zur Toilette. Ihr Atem war schwach und oberflächlich. Einen Augenblick stand sie da, dachte an den Abstand zwischen dem Gesicht im Film und dem Gesicht, das sie im Spiegel sah, all die Tage und Monate, all

die Worte und Sätze, all die Lügen und Unglücke, all die Reisen und Zimmer, all die Vormittage und Abende.
Sie ging wieder hinein.
Ich gehe jetzt, sagte sie.
Bleib hier, sagte er.
Ich gehe, Nick.
Sie ging hinaus zum Auto. Sie hatte zu viel getrunken, und draußen tobte ein Gewitter, aber sie ertrug nicht noch ein Haus voller Erinnerungen. Sie fuhr durch den Regen, starrte auf die Häuser entlang der Bucht, die erleuchteten Fenster, sah den Leuchtturm draußen auf der Landspitze blinken.
Im Ferienhaus suchte sie ihr Handy, fand es aber nicht. Sie wollte Lloyd anrufen, musste seine Stimme hören. Sie setzte sich aufs Bett und spürte einen zuckenden Schwindel im Kopf. Im Zimmer würde sich nichts zur Ruhe begeben. Das Haus um sie herum schwoll an.
Sie musste etwas tun. Mit raschen Bewegungen fing sie an zu packen. Sie raffte alles zusammen, was ihr gehörte, alles, was sie aufheben wollte. Sie war fast fertig, als sie draußen Motorengeräusche hörte. Sie löschte das Licht im Haus und ging zum Fenster.
Das Auto hatte ein Stück weiter unten in der Straße gehalten, das Fernlicht war eingeschaltet. Sie wurde von einem Lichtstrahl getroffen, der das Zimmer vom Haus zu trennen schien. Unmerklich geriet sie ins Taumeln. Das kleine Deckenlicht im Wageninnern ging an. Der Fahrer stieg aus, war vor dem Auto aber nur schwach zu erkennen.
Sie steckte nicht länger in ihrer eigenen Haut. Hörte nur noch den Regen, das Meer und ihren Herzschlag. Sie hatte jegliches Zeitgefühl verloren, doch nach einer Weile sah sie,

wie der Fahrer wieder einstieg, zurücksetzte und wendete. Sie sah die roten Bremslichter auf dem Abhang verschwinden.

Sie setzte sich auf die Bettkante und weinte hemmungslos. Sie konnte sich nicht erinnern, wann sie zuletzt geweint hatte, sie hatte immer versucht, stark zu sein. Jetzt weinte sie. Die Antworten, die Rufe, die Flüche beim Kartenspiel, die Songs im Radio, der Vater, wenn er schnarchte, die Vögel auf dem Dach. Zeit aufzustehen, Mädels! Abendessen! Oh, meine Mädels!
Nachdem sie sich wieder beruhigt hatte, ging sie hinaus zum Auto. Sie ließ den Motor an und fuhr zum Highway 6 hinunter. Je schneller sie fuhr, umso leerer wirkte die Landschaft. Sie starrte in das Scheinwerferlicht der entgegenkommenden Autos, merkte, wie hypnotisierend es in der Dunkelheit war.
Die Scheibenwischer gaben ein quietschendes Geräusch von sich. Es hatte aufgehört zu regnen, ohne dass sie es gemerkt hatte. Sie fuhr weiter, drückte das Gaspedal durch, hörte den Motor brummen. Die Straße war immer noch nass, die Autos auf der Gegenfahrbahn zischten vorbei.
Sie stimmte in den Rhythmus ein, wurde zu einem Teil des Flusses, des Stroms aus Autos, des Gewebes aus Verkehr. Normalerweise war Autofahren der reinste Luxus. Im Leihwagen war sie anonym, unsichtbar, sie konnte fahren, wohin sie wollte. Jetzt hatte sie vor allem das Gefühl, etwas Bescheuertes, etwas Idiotisches zu tun, etwas Spontanes, worüber sie niemanden informiert hatte.
Als sie Lloyd kennenlernte, wusste sie sofort, dass es diesmal etwas anderes war. Zum ersten Mal hatte sie Angst ge-

habt, etwas könnte zu Ende gehen, sie könnte sich aufführen, wie die Männer sich aufgeführt hatten, Heulen am Telefon, unerwartete Besuche bei der Arbeit und herzzerreißende Szenen im Fahrstuhl. Lloyd hatte ihr letzten Winter in Rom einen Heiratsantrag gemacht. Sie hatte ihn im Arm gehalten und abgelehnt; man konnte nicht an die Ehe glauben, wenn man schon zweimal verheiratet war, nicht richtig. Du kannst doch aber an die Liebe glauben, hatte Lloyd gesagt.

Sie fuhr durch die Nacht. Musik und Stimmen der Radiosendungen lullten sie ein. Die Dunkelheit war so dicht, dass sie dachte, die Scheinwerfer bahnten den Weg. Kilometer um Kilometer verschwand unter ihrem Auto. An einer einsamen Tankstelle vor New Haven füllte sie den Tank auf. Danach hatte sie Benzingeruch an den Fingern, an den Handflächen. Sie fuhr weiter nach Süden.

Weiter, weiter, weiter.

Kurz vor vier erreichte sie New York. Manhattan tauchte in der Windschutzscheibe auf. Sie fuhr in einem sanften Bogen über den Hudson. Die nächtlichen Gebäude erinnerten an Büros, die nachts geschlossen waren, Computer im Stand-by, erloschene Lichter, verlassene Zimmer.

Sie war bei der Arbeit gewesen, als sie die Nachricht erhalten hatte, dass ihre Eltern an Bord des United Flight 175 von Boston gewesen waren. Langsam hatte ihr gedämmert, dass das, was sie im Fernsehen sah, nicht nur ein Flugzeug war, das in den südlichen Turm raste, sie sah auch den Tod ihrer eigenen Eltern. Immer wieder hatte sie sich die Fernsehbilder angeschaut. Hatte sie sich eingeprägt, sie sich noch einmal angeschaut, in der Hoffnung, sie würden sie wieder zu ihrem Alltag zurückführen. Jetzt wusste sie, dass

sie nichts anderes tun konnte, als ihren Mut zusammenzunehmen und weiterzuleben.
Sie parkte in der Tiefgarage, fuhr mit dem Fahrstuhl nach oben und schloss die Wohnungstür auf. Lloyd lag nackt im Bett. Er atmete im Schlaf, gleichmäßig und ruhig. Sie berührte ihn und wartete, er reagierte auf die Liebkosungen, schlief aber weiter. Sie berührte ihn erneut, streichelte seine Hüften, das Gesicht, die Haare, die Brust, den Penis.
Was ist passiert?, fragte er im Halbschlaf.
Psst, sagte sie und setzte sich auf ihn.
Ich habe angerufen, aber keiner hat abgenommen.
Sie küsste ihn und zog sich aus. Wie einfach es mit Lloyd war, wie direkt sie sein konnte: Hier sind meine Brüste, hier ist mein Geschlecht, hier bin ich! So einfach konnte es sein, weil sie ihn liebte. Mit Lloyd war sie an einen Punkt im Leben gekommen, an dem sich alles öffnete, an dem sich die Welt auf eine ganz bestimmte Weise zeigte, an dem alle Details von einer Schönheit erfüllt wurden, die Decke, die Wände, das Laub an den Bäumen, seine Haut an ihrer. Wie sie die Erlaubnis für einen letzten Blick, eine letzte Erkenntnis bekam, als könnte alles, was zurückgehalten worden war, jetzt verteilt werden.
Willst du nicht schlafen?, fragte Lloyd, nachdem sie sich geliebt hatten.
Ich bin zu müde, um zu schlafen, sagte sie.
Sie stand auf und ging ins Wohnzimmer. Mitten im Zimmer blieb sie stehen und zündete sich eine Zigarette an. Sie stand am Fenster, nackt, reglos. Hauchzarter Morgen. Leisester Morgen.
Williamsburg Bridge sah aus wie ein Schiff im Dämmerlicht. Autos kamen von Brooklyn herüber. Ein paar Lichter

schafften es bis ins Hotel auf der anderen Straßenseite. Die Farben waren noch nicht richtig eingestellt, alles war grau und blau, aber bald würde sich die Sonne an die Arbeit machen.

Lloyd tauchte neben ihr auf. Still standen sie da und sahen hinaus. Sie wusste nicht, ob der Tag in die Stadt kam oder die Stadt in den Tag. Sie wusste nur, dass das Glück unerwartet kam, das Glück kam immer, wenn man am wenigsten damit rechnete.

Sie drehte sich zu Lloyd.

Willst du mich heiraten?, fragte sie.

Philosophische Exkursionen

Edward Hopper (1882–1967)
Excursion into Philosophy, 1959
Öl auf Leinwand, 76,2 × 101,6 cm
Privatsammlung

Nach dem Streit schien es, als wären dem Zimmer die Worte ausgegangen. Egal, was jetzt noch gesagt wurde, am Ende würde nur die Stille übrig bleiben. An diesem Morgen glich das Zimmer all den anderen Zimmern, in denen Menschen stritten und einander verletzten. Zimmern, in denen sich Menschen nach Trost sehnten, in denen sie aber schon so weit gegangen waren, dass Versöhnung nicht mehr möglich war.

Sie hatte gesagt: Glaubst du mir nicht?

Er hatte gesagt: Warum sollte ich dir glauben, sagst du denn ausnahmsweise mal die Wahrheit?

Sie hatte gesagt: Du glaubst, alles über mich zu wissen, aber das stimmt nicht, heute Nacht wurde ich geliebt, ich wurde geliebt, wie du mich noch nie geliebt hast.

Er hatte gesagt: Du lügst, das würdest du nicht sagen, wenn es wirklich wahr wäre.

Sie hatte gesagt: Nicht? Weißt du was, jedes Mal, wenn ich mit dir schlafe, denke ich an ihn.

Er hatte gesagt: Du machst es mir leicht, du machst mir alles so verdammt leicht.

Sie hatte gesagt: Bitte geh, bitte geh jetzt!

Nach all den Worten hatte sie sich aufs Bett gelegt und ihm den Rücken zugekehrt. Ihr Nachthemd war hochgerutscht, so dass der entblößte Po von der Sonne beschienen wurde. Er hätte sich umdrehen und sie berühren können. Er hätte ihr über die Haare streichen können, die sich auf dem ganzen Kissen verteilten, dann hätten sie vielleicht eine Chance gehabt.

Er war auf der Bettkante sitzen geblieben, hatte nicht die Kraft gehabt, sich zu rühren, nicht die Muskeln, sich zu erheben, der Schmerz schien sich in seinem Körper verteilt und ihn gelähmt zu haben. Es gab keine Bewegungen mehr. Die Sonne hatte auf dem Boden vor seinen Füßen ein weißes Quadrat gemalt, ein Loch, in dem er verschwinden könnte, aber er schaffte es nur mühsam, den linken Fuß ein wenig vorzuschieben, so dass die Schuhspitze von der Sonne beschienen wurde.

Es war vermutlich schon kurz vor elf, als er aufstand. Er ging ins Bad und spritzte sich kaltes Wasser ins Gesicht. Er beugte sich vor und betrachtete sein Gesicht von beiden Seiten. Keine davon wirkte besonders ansprechend auf ihn, er war bleich und farblos, obwohl es Ende August war. Er hatte sich rasieren und duschen wollen, war aber schon sehr spät dran gewesen. Ein Brautpaar erwartete ihn in seinem Laden im Lofthus.

Er zog ein frisches weißes Hemd an und ging zurück in das Zimmer, in dem Selma ihm nach wie vor den Rücken zukehrte wie ein zusammengefaltetes Insekt. Neben ihr auf der Bettkante lag das Wörterbuch, in dem sie *platonisch* nachgeschlagen hatte. Er trat zu ihr und meinte, einen kurzen, traurigen Atemzug zu hören. Einen Moment lang verspürte er den Wunsch, sich hinter sie zu legen, in sie einzudringen und diesen lausigen Morgen aus dem Kopf zu kriegen.

Er ging hinaus in den Tag, als wäre es ein ganz normaler Tag, als wäre nichts passiert. Aber alles war in Stille gehüllt. Er konnte seine Schritte auf dem Kies nicht hören, er startete den Wagen ohne Motorengeräusch, er suchte im Autoradio nach Sendern und bekam keinen herein. Es war wie im Kino, wenn einem Film die Tonspur fehlte und sich alle im Saal umdrehten, um nachzuschauen, ob beim Filmvorführer Licht brannte: Kümmerte sich jemand

um das Problem, wussten sie Bescheid, dass etwas nicht stimmte?
Die Hände am Lenkrad zitterten. Er fuhr lediglich fünfzig, aber es hörte nicht auf. Die Fähre war gerade auf dem Weg von Kinsarvik nach Utne, der Fjord lag frisch gewaschen im Licht der Vormittagssonne. Er spürte, wie sich die Wärme im Körper ausbreitete, trotzdem war ihm, als würde ihn eine kühle Membran umgeben, wie bei einem Schock nach einem Unfall.

Sie haben zumindest Glück mit dem Wetter, sagte er zum Brautpaar, als er den Laden betrat. Er musste sich anstrengen, um ihnen ein kleines Lächeln schenken zu können.
Hatten Sie bisher einen schönen Tag?, fragte er.
Das Brautpaar nickte.
Er bat sie ins Studio und versuchte, ihre Anspannung zu lösen, indem er das Radio einschaltete und über technische Dinge sprach. Das Paar musste um halb zwei ins Rathaus. Später würde er sie zusammen mit der Familie und Freunden im Hotel fotografieren. Die beiden gehörten zu den Kunden, die versuchten, seinen Preis zu drücken. Diese Paare tauchten übers Jahr immer wieder auf. Er ließ sich nie auf Diskussionen ein, antwortete nur, es sei der schönste Tag in ihrem Leben, ob sie ihn im Sonderangebot haben wollten?
Darf ich rauchen?, fragte die Braut. Ich bin so nervös.
Er nickte.
Nina klopfte und brachte ihnen Kaffee. Sie lächelte dem Brautpaar professionell zu. Ihm fiel ein, dass er Nina in den Streit mit seiner Frau hineingezogen hatte. Um Selma zu verletzen, hatte er behauptet, er habe seit über einem Jahr

ein Verhältnis mit seiner Auszubildenden. Das Letzte, was seine Frau gesagt hatte, bevor sie das Gesicht zur Wand drehte, war, dass er seinen kleinen Schwanz in alle Frauen stecken könne, die ihm über den Weg liefen, sie wünsche ihm von Herzen alles Gute dabei.
Er überlegte, ob er Nina davon erzählen sollte.
Wir hätten gern mehrere Bilder, damit wir auswählen können, sagte die Braut.
Selbstverständlich, sagte er.
Sie war ziemlich rundlich, und ihre Brüste quollen auf eine Weise aus dem Brautkleid, die er vulgär fand. Der Bräutigam fühlte sich in seinem Anzug sichtlich unwohl. Er sehnte sich vermutlich nach dem Moment, in dem er die Jacke ablegen, den Schlips lockern und mit den Kumpels unten am Fjord eine rauchen konnte, abgefüllt mit Essen und Drinks.
Er fragte sich immer, was für ein Leben die verschiedenen Brautpaare wohl erwartete. Er sah sie in zehn, fünfzehn Jahren vor sich und wägte ihre Chancen ab. Bei manchen wusste er instinktiv, dass sie sich gleich beim ersten Sonntagsbraten trennen würden. Bei manchen vermutete er, dass sie ihr ganzes Leben lang zusammenblieben, er sah es daran, wie sie miteinander umgingen, sich berührten, über einander redeten.
Bei diesem Paar war er unsicher. Sie könnten zusammenbleiben, sie könnten sich trennen, es kam auf die Frau an, dachte er, der Kerl war zu schwach und unentschlossen. Er kannte sie nicht, hatte aber in der Lokalzeitung gelesen, dass sie sich in einer Reality-Show im Fernsehen kennengelernt hatten. Sie war Landwirtin am Westufer des Fjords und hatte über hundert Heiratsanträge aus dem ganzen

Land erhalten. Er selbst hatte die Sendung nicht gesehen, aber in der Zeitung hatte gestanden, dass der Typ schon während der Aufnahmen untreu gewesen sein soll. Er dachte, dass sich die beiden, wenn sie sich schon im Fernsehen kennengelernt hatten, ebenso gut auch im Fernsehen trennen konnten.

Er entschied sich für eine klassische Porträtaufnahme. Er mochte experimentelle Hochzeitsfotos nicht, auf denen das Brautpaar hüpfte, sich auf dem Boden wälzte oder etwas Erotisches simulierte. Seiner Erfahrung nach mochten auch die Kunden solche Bilder eher nicht, es war, als würden sie die Ernsthaftigkeit und die Liebe unterlaufen, die das ganze Leben halten sollten.

Er wusste, dass er kein herausragender Fotograf war, aber er hatte den Ehrgeiz, dass die Leute auf seinen Bildern gut aussahen. Er war geschickt darin, die Leute attraktiver zu machen, als sie in Wirklichkeit waren. Da mochten Fotografen seinetwegen über den entscheidenden Moment sprechen, darüber, wie sie die Seele des Objekts einfingen, über die Fähigkeit, die Wahrheit zu packen oder eine Erkenntnis zu visualisieren. Alles Quatsch. Die Leute wollten sich nicht die Wahrheit an die Wand hängen, sie wollten etwas haben, womit sie leben konnten.

Auch das war eine Form von Kunst, hatte er für sich entschieden, ein Fach, das zu beherrschen er mit den Jahren gelernt hatte, er wusste, wie die Beleuchtung und die Komposition sein mussten, damit die Leute in etwas verwandelt wurden, womit sie zufrieden waren. Seine Kunst bestand darin, Leute so abzulichten, dass die Bilder für den Rest ihres Lebens an der Wand hängen oder auf dem Klavier stehen konnten. Oder zumindest bis zu jenem Tag, an dem die

Wahrheit durchsickerte, an dem sich Stille ausbreitete, nach einem Streit oder einem Bruch, wenn die Bilder von der Wand genommen und in Kisten verpackt werden mussten.

Tat es weh? War es ihr gelungen, ihn zu verletzen? Er wusste es nicht, im Moment fühlte er sich eher unfertig, wie etwas außerhalb jeglicher Zugehörigkeit. Er schloss die Augen und hätte sich am liebsten aufs Sofa gelegt, wäre in einen langen Schlaf entschwunden. Nina kam mit Kaffee und Rosinenbrötchen. Sie hatte darum gebeten, heute früher gehen zu dürfen, sie wollte mit ihrem Freund nach Kopenhagen.

Er erzählte vom Streit mit seiner Frau. Ihm wurde plötzlich klar, wie lange dieser schon andauerte. Die Anschuldigungen hatten angefangen, als Selma in der Nacht von einer Party nach Hause kam. Stundenlang hatten sie versucht, sich gegenseitig fertigzumachen.

Es tut mir sehr leid. Aber ich habe gelogen und behauptet, wir würden miteinander schlafen.

Es wurde still.

Wir?, fragte sie.

Ja, wir zwei. Ich habe es nur gesagt, um sie zu treffen, aber Selma wird es bestimmt gegen mich verwenden. Gerüchte werden die Runde machen, und die Leute am ganzen Fjord werden behaupten, dass ich mit dir schlafe.

Sie stand auf, um die Tassen und Schalen zu spülen. Sie sagte nichts. Er versuchte, ihrem Rücken etwas zu entnehmen.

Es tut mir leid, sagte er.

Sie drehte sich um und lächelte.

 Die meisten werden es glauben, sagte sie. Es passt einfach

zu gut. Wenn es mir jemand in der Kneipe erzählen würde, würde ich es auch glauben.
Bitte verzeih mir, ich hätte es nicht sagen dürfen.
Sie kam zurück zum Sofa und strich ihm über den Kopf.
Möchtest du denn mit mir schlafen?, fragte sie.
Er sah zu ihr auf. Sie lachte.
Jetzt hättest du deinen Gesichtsausdruck mal sehen sollen.
Ja?
Sie setzte sich wieder.
Weißt du was? Es hätte passieren können, sagte sie.
Was denn?
Du und ich. Du hast mir schon immer gefallen, weißt du.
Ja?
Es ist schon komisch, wie die Reihenfolge alles entscheidet. Wem wir zuerst begegnen, wo wir im Leben sind, alles hätte anders kommen können, wenn die Reihenfolge anders gewesen wäre. Man sagt, bei der Liebe geht es nur um eins: um Timing.
Sagt man das?
Ja, in einem Film, den ich gesehen habe, wurde das gesagt.
Sie lachte und stand auf.
Sprich mit deiner Frau.
Ich habe die ganze Nacht mit ihr gesprochen.
Sie ging zur Tür und wünschte ihm ein schönes Wochenende. Er sah, wie sie zu dem verstaubten Golf am Kai ging. Eine halbe Minute später hörte er sie hupen und sah, wie sie mit einer Hand aus dem Fenster winkte. Das Auto verschwand in einem Sonnenlicht, das alles überbelichtet erscheinen ließ. Er legte sich aufs Sofa.
Das Telefon klingelte. Er hatte nicht die Kraft, aufzustehen und den Hörer abzunehmen.

Da sich das Gerücht ohnehin verbreiten würde, konnte er ebenso gut mit ihr schlafen, überlegte er. Er hatte noch nie daran gedacht, hatte sich ihr nur auf förmliche Art genähert, wie man es bei einer Kollegin, einer fähigen Auszubildenden, die man gern behalten würde, eben macht.
Er wusste nicht, ob es der Schlafmangel war oder etwas anderes, aber alle Arten von Liebkosungen tauchten vor seinem inneren Auge auf, alles, was man geben und nehmen konnte, bevor man sich öffnete und verletzlich wurde, bevor die langen gemeinsamen Jahre es legitim erschienen ließen, auf den anderen loszugehen.

Mit der Fotoausrüstung fühlte er sich schwer und unbeholfen, als würde er in den Staub und Dreck gezogen. Er verstaute alles hinten im Auto und fuhr die wenigen Meter zum Hotel. Er baute die Ausrüstung unten im Garten auf, achtete darauf, dass der Fjord und die Berge im Hintergrund sichtbar waren, und ordnete die Gruppe um das Brautpaar an.
Bevor er die ersten Aufnahmen machen konnte, rief die Gruppe schon »cheese!« Er hasste es, wenn die Leute »cheese« riefen. Das war nichts anderes als eine Misstrauenserklärung an ihn als Fachmann. Die Leute glaubten, sie müssten ihm helfen, seinen Job zu machen. Am schlimmsten war es zu sehen, wie die Gesichter und die Körperhaltungen sich änderten, wenn die Leute »cheese« riefen. Er war der Meinung, er könnte ein solches Bild ohne weiteres von einem anderen unterscheiden. Die Menschen auf einem Cheese-Foto sahen immer etwas würdelos aus, albern. Ein Cheese-Foto war fast nie ein Bild, das man hervorholen konnte, um es sich immer wieder anzuschauen.

Als er mit den Aufnahmen fertig war, kam eine hübsche Frau aus der Gruppe auf ihn zu.
Lachend blieb sie vor ihm stehen.
Bist du es wirklich?, fragte sie.
Ja, ich bin es, antwortete er. Was machst du denn hier, Kari?
Sie erzählte, dass sie über mehrere Ecken mit der Braut verwandt sei, aber die Hochzeit sei für sie vor allem ein Vorwand gewesen, um wieder einmal zurückzukommen. Seit ihre Eltern nicht mehr da waren, gab es kaum mehr Gründe dafür.
Ich wohne jetzt in Stockholm, sagte sie.
Und was machst du da?
Ich habe eine Fahrschule. Und du? Darf ich fragen, wie es dir in all den Jahren ergangen ist?
Kann nicht klagen. Bei mir ist alles wie immer.
Sie blieben stehen.
Schön, dich zu sehen.
Danke, gleichfalls.
Während des Essens fotografierte er das Brautpaar, die Redner und die Gäste. Er bewegte sich mit leichter Ausrüstung zwischen ihnen. Die Stimmung war gut. Die Bilder würden gut werden. Oft verstand er sich als Arzt, Pfarrer oder Polizist. Er war einer von denen, die die Gesellschaft zusammenhielten, die alles am Laufen hielten und an den entscheidenden Tagen da waren.
Ursprünglich war vorgesehen gewesen, dass er die ganze Feier über blieb, aber das knauserige Brautpaar hatte die Idee verworfen, als es den Preis hörte.
Dann sollten Sie lieber Onkel Atle anheuern, hatte er gesagt.
Onkel Atle?, hatte das Brautpaar gefragt.

Ja, Onkel Atle ist absolut super, hatte er geantwortet.

Er setzte sich auf die Terrasse, um sich auszuruhen. Bei ihrer eigenen Hochzeit hatten Selma und er sich beim Abendessen davongestohlen. Sie hatten sich zum Parkplatz geschlichen und sich im Volvo ihres Vaters auf dem Rücksitz geliebt. Wo du noch nicht einmal den Führerschein hast, hatte er später in seiner Rede gesagt.

Kari kam zu ihm auf die Terrasse. Sie fragte, ob sie sich setzen dürfe. Er nickte und fragte, ob sie Kaffee wolle. Er schenkte ein.

Ich hatte vergessen, wie still es hier ist, sagte sie und sah über den Fjord. Ich wusste noch, wie schön alles ist, aber die Ruhe hatte ich vergessen.

Und sonst?, fragte er. Woran erinnerst du dich noch?

An alles, sagte sie. Ich erinnere mich an alles.

Er sah sie an, betrachtete ihre dunklen Haare und die schlanken Hände. Sie saßen schweigend nebeneinander, wie ein Ehepaar, dem die Themen ausgegangen sind. Sie stellte die Kaffeetasse ab und drehte sich zu ihm.

Warum bist du damals nicht gekommen?, fragte sie.

Er antwortete nicht.

Ich habe den ganzen Tag auf dich gewartet. Ich habe auch am nächsten Tag auf dich gewartet, und am Tag danach. Ich habe Jahre gebraucht, um zu lernen, wie man nicht wartet.

Um ehrlich zu sein, Kari, ich weiß es nicht.

Woran erinnerte er sich? Er erinnerte sich an den Schnee, als er mit dem Bus zu ihr fuhr. Er erinnerte sich daran, wie er durch die Haustür trat und die Treppe hinaufging bis zur Tür im vierten Stock. Er wusste noch, dass er dort gestanden, dann kehrtgemacht hatte und wieder hinaus in den Schnee gegangen war, draußen gestanden hatte, während es

schneite. Er hatte hinaufgeschaut zu dem leuchtenden Nachtfenster.
Die Reihenfolge entscheidet, sagte er. Wem wir zuerst begegnen, wo wir im Leben sind, wenn wir jemandem begegnen, alles hätte anders verlaufen können, wenn die Reihenfolge anders gewesen wäre.
Aber du bist mir zuerst begegnet. Du bist mir doch zuerst begegnet.
Ja, da hast du recht.
Sie nahm seine Hand. Sie tat es mit einer Kraft, die ihm zeigte, dass er es fast geschafft hatte, auch sie fertigzumachen.
Ich fürchte mich vor deiner Antwort, sagte sie. Wie ich mich auch damals vor deiner Antwort gefürchtet habe, aber ich muss es wissen: Kannst du mir sagen, was du für mich empfunden hast?
Ich weiß es nicht, sagte er.
Hast du mich geliebt?
Ich weiß es nicht.
Du weißt es nicht?
Nein, ich weiß es nicht mehr.
Was bist du feige. So unglaublich feige.

Was für ein herrlicher Tag, seufzten die Leute im Haus bestimmt, was war das für ein herrlicher Tag! Als er am Fjord entlangfuhr, drangen die letzten Sonnenstrahlen des Tages in den Wagen. Es war wirklich ein herrlicher Tag, einer, der sich in die Reihe der Tage stellte, an die man sich erinnern oder die man dokumentieren sollte.
Auf dem Armaturenbrett hatte er einen Fotoapparat liegen, benutzte ihn aber fast nie. Er war zum Schluss ge-

kommen, dass man diese Landschaft nicht fotografieren konnte, sie war zu perfekt, es gab nichts hinzuzufügen oder wegzunehmen, sie hatte nichts Menschliches an sich.
Sein Handy klingelte, als er durch Ystanes fuhr, er sah, dass es Selma war. Er ging nicht ran. In Kinsarvik fuhr er Richtung Zentrum, anstatt nach rechts abzubiegen und nach Hause zu fahren. Er hielt am Kai, bevor er zurücksetzte und sich in die Warteschlange für die Fähre einordnete. Warum tat er das? Warum verließ er die tägliche Routine und nahm einen anderen Weg?
Er stieg aus, um die letzten Sonnenstrahlen zu genießen. Auf der Überfahrt nach Utne stand er an Deck. Ein paar japanische Touristen baten ihn, sie zu fotografieren, zuerst zusammen, dann einzeln. Er nahm die Kamera in die Hand und fühlte sich ohne eigene Ausrüstung ziemlich unbeholfen. Das Fotografieren mit Digitalkamera verunsicherte ihn deutlich. Er wusste genau, wie das Bild werden sollte, aber er überlegte, wie die Touristen es haben wollten, ob sie zufrieden sein würden, wenn sie zu Hause in Tokyo oder Yokohama oder sonstwo in ihren Alben blätterten. Die Japaner wollten ihn mit auf dem Bild haben und stellten sich neben ihn, bevor er protestieren konnte. Sie lachten über seine Größe, er lächelte und hielt die Hand auf Brusthöhe, um zu zeigen, wie klein er sie fand. Die Japaner schüttelten sich vor Lachen.
Er fotografierte am liebsten im Studio, wo er alles unter Kontrolle hatte. Seine besten Momente hatte er in der Dunkelkammer. Die Welt aussperren, im Radio nach einem Jazzsender suchen, die Bilder von Täuflingen, Konfirmanden, Brautpaaren, Jubilaren entwickeln. Licht und Tönung manipulieren, diese Momente der Liebe entwickeln, sie

festhalten, für die Zukunft speichern, damit die Leute sich immer wieder zusammen darüber freuen konnten.
Ihre eigenen Hochzeitsfotos hatte Selma in den Keller gehängt. Sie waren von einem bescheuerten Fotografen in Odda gemacht worden. Der Typ war total unseriös gewesen, die Farben waren schon verblasst, und die Kompositionen ohne Sinn und Verstand. Später hatte er zu seiner Freude erfahren, dass der Fotograf seinen Laden dichtmachen musste, nachdem die Lokalzeitung geschrieben hatte, er lebe davon, dass er minimal bekleidete Abiturientinnen aus der Gegend porträtiere.
In Utne fuhr er von der Fähre und bog nach Jondal ab. Er war nicht ganz sicher, wo der alte Richtersitz lag, aber nach vier oder fünf Kilometern tauchte ein Schild auf. Er bremste und hielt am Straßenrand, holte die Fototasche aus dem Kofferraum und ging den Pfad hinunter zum Fjord. Die Äste der Bäume wurden von den vielen Äpfeln und Birnen langsam schwer. Es roch nach dem Ende des Sommers, nach einem Sommer, der bald abbrechen würde, die Arbeit war schon in vollem Gang.
Er klopfte an die Tür des weißen Hauses. Niemand kam. Vielleicht war es keine gute Idee, vielleicht war es ein Fehler, und er sollte zusehen, dass er nach Hause kam.
Hallo! Suchen Sie mich?, rief hinter ihm jemand auf Englisch.
Er drehte sich um und sah Richard M. Cohen unten bei den Obstbäumen. Er schulterte die Fototasche und ging zu ihm. Er hatte in der Lokalzeitung etwas über diesen Typ gelesen, er war zum dritten Mal den Sommer über hier, um zu malen. Cohens Stiefmutter kam aus Grimo, und über sie hatte er sich den alten Richtersitz gesichert.

Sah Cohen aus wie ein Künstler? Eigentlich nicht, fand er. Im Grunde wusste er nicht, wie Künstler aussahen. Der Typ war natürlich barfuß und unrasiert. Das T-Shirt hatte ein paar Farbflecken. Ansonsten erinnerte seine Frisur eher an einen Fußballspieler ohne Ehrgeiz, und die dicke Hornbrille gehörte einer anderen Zeit an. Er streckte die Hand aus, um ihn zu begrüßen. Warum vögelst du diesen Trottel? Ich spreche nur ein winziges bisschen Norwegisch, ja?, sagte Richard M. Cohen.

Auf Englisch erklärte er Cohen, dass er an einem Buchprojekt arbeite. Er mache Porträtaufnahmen von verschiedenen Leuten aus der Gegend, wolle dokumentieren, was hier los war, er fotografiere berühmte und weniger berühmte Menschen, auch verschiedene Sommergäste. Er verriet nicht, dass er die Idee von einem anderen Fotografen geklaut, dass er mit dem Projekt noch gar nicht angefangen hatte und dass er es vermutlich niemals zu Ende bringen würde.

Wo möchten Sie die Aufnahme machen?, fragte Cohen. Unten im Gartenhaus? Dort ist das Licht um diese Zeit sehr schön. Ich arbeite gerade an einem neuen Bild.

Ohne die Antwort abzuwarten, drehte er sich um und ging durch das Gras zu einem weißen Häuschen, das das Gartenhaus zu sein schien. Cohen zog einen Schlüssel aus der Tasche und schloss auf.

Treten Sie ein, sagte er.

Das Gartenhaus war zu einem Atelier umfunktioniert worden. Darin roch es nach Terpentin und Ölfarben. Auf dem Tisch lagen Tuben, Pinsel, Messer und Kratzeisen. Ein paar Bilder lehnten an der Wand, andere waren auf eine Staffelei gespannt. Eins der größten Bilder zeigte Selma.

Gefällt es Ihnen?, fragte Cohen.
Ich glaube, ich muss es mir noch etwas näher anschauen, sagte er.
Er erkannte Selma, auch wenn ihr Gesicht noch nicht fertig war. Er erkannte sie an ihrem Körper und der Haltung. Sie stand nackt auf einem Boden voller sonniger Flecken, eine Zigarette in der Hand. Beide Brüste waren zu sehen, aber der rechte Fuß stand etwas vor, sodass ihr Geschlecht verborgen war.
Sie mögen sie am liebsten nackt?, fragte er Cohen.
Verzeihung?
Sie malen die Menschen gern nackt?
Ja, der menschliche Körper ist phantastisch.
Ja, nicht wahr?
Warum reagierte er so heftig? Seltsamerweise irritierte ihn die Zigarette, dass sie mit einer Zigarette in der Hand dort stand. Er wurde immer gerügt, wenn er sich zu Hause eine anzündete, jetzt stand sie selbst mit einer Zigarette in der Hand da. Auf einmal durchfuhr ihn der Gedanke, dass dies hier eine Frau war, die er überhaupt nicht kannte.
Wollen wir baden?, fragte Cohen.
Was?
Wollen wir baden, bevor Sie fotografieren?
Cohen sagte, er beende einen langen Arbeitstag immer mit einem Bad. Er holte zwei Handtücher und zeigte auf den Fjord. Bevor sie losgingen, schloss der Typ hinter ihnen ab.
Er fragte, ob Cohen Angst vor Einbrechern habe, hier habe doch seit den Fünfzigerjahren kein Dieb mehr sein Unwesen getrieben. Cohen antwortete, er habe Angst um seine Bilder.

Am Fjord zogen sie sich aus und sprangen kopfüber ins Wasser. Es war jetzt schon kälter als im Hochsommer. Die Wärme würde bald nachlassen. Bald kam der Herbst.

An Land trockneten sie sich ab und setzten sich auf der Klippe in die Abendsonne. Er betrachtete Cohens Körper, ohne dabei hinzusehen, wie Männer es tun, wenn sie nackt sind. Hatte Cohen einen großen Schwanz? Wahrscheinlich nicht, aber er war nicht sicher, weil sie gerade im kalten Wasser gewesen waren.

Cohen sagte: Ich kann mich an diesem Blick nie sattsehen, an den Bergen, den Bäumen, daran, wie sich die Farben des Meers im Lauf eines Tages verändern, sie sind so norwegisch, diese Elemente, alles ist so überwältigend, dass ein Gefühl von Einsamkeit entsteht.

Was für ein Dummkopf, dachte er, hält das hier für das Meer, er glaubt, wir sitzen am Meer.

Cohen sagte: Auch jetzt, wo es hier am Meer so schön ist, denken wir, dass alles flüchtig und vergänglich ist, die Schönheit in der Natur erzeugt Trauer vor Freude.

Jemand muss diesem Kerl das Maul stopfen, dachte er, der Mann plappert drauflos wie ein Philosoph und weiß nicht einmal, dass er an einem Fjord sitzt.

Cohen sagte: Alles Schöne ist dem Untergang geweiht, wie Freud schrieb.

Fjord, dachte er, Fjord, verdammt noch mal.

Klick Bring die Bilder hinter dich … Klick Hierherschauen … Klick Küss die Braut … Klick Cheeeese … Klick Blitz Gordon Badeschaum … Klick Onkel Atle … Klick Du verdammter Schwanz …

Ich habe früher auch fotografiert, sagte Cohen. Bis mich die Grenzen der Fotografie zu stören begannen.
Ja?
Ich habe das Nüchterne an der Fotografie als Zwangsjacke empfunden, mit der Malerei will ich die menschliche Nähe wiederherstellen, die es vor der Fotografie gab.
Der Mann war es offensichtlich gewohnt, fotografiert zu werden. Er posierte mit einem Drink vor der Kamera. Er selbst hatte einen Wodka mit Limone bekommen. Sein Körper war nach dem Bad abgekühlt. Der Drink wärmte ihn wieder auf.
Sehen Sie etwas in mir, das ich selbst nicht sehe?, fragte Cohen.
Was?
Sie als Fotograf, können Sie meine Absichten erkennen und alles, was dahintersteckt?
Cheese, sagte er.
Was?
Sagen Sie «cheese!»
Cohen sah ihn fragend an.
Nur Mut, sagen Sie «cheeese!»
Cheese?
Ja, so laut Sie können! CHEEEEESE!
Die Kamera machte klick und klick und klicketiklick. Ein wunderschöner Song.
Cohen stand auf und ging zum Radio, um einen Musiksender zu suchen. Dann setzte er sich in einen Ohrensessel am Fenster.
Sie sind kein guter Fotograf, oder?
Wie meinen Sie das?
Ich habe für einige der besten Fotografen der Welt posiert,

und ich weiß, wie ein guter Fotograf arbeitet. Ein guter Fotograf versteckt sich nicht hinter der Kamera, wie Sie es tun. Das Digitalzeitalter wird Ihr Tod sein, stimmt's?
Er antwortete nicht. Es gab nichts zu sagen. Vielleicht hatte Cohen recht, vielleicht irrte er sich komplett. Wer konnte das wissen?
Sie liebt Sie, sagte Cohen.
Wer?
Er nickte zu dem Bild von Selma.
Woher wissen Sie das?
Sie hat es gesagt.
Das hat sie also gesagt?
Cohen stand auf.
Sie sind kein guter Fotograf, aber Sie haben eine phantastische Frau, die Sie sehr liebt.
Ach?
Meinen Sie, ich hätte so ein phantastisches Porträt malen können, wenn sie keine phantastische Frau wäre?
Vögeln Sie sie?
Was?
Vögeln Sie sie?
Wollen wir uns vertragen oder nicht?
Antworten Sie auf meine Frage.
Warum sollte ich darauf antworten?
Was sind Sie feige! Vögeln Sie sie oder nicht?
Cohen seufzte: Sie korrigiert mich, das tut sie. Sie sucht gnadenlos nach affektierten Elementen in meiner Arbeit, sie korrigiert mich und strafft meine Kompositionen.
Korrigiert Sie auch Ihren Schwanz?
Cohen stand auf und bedachte ihn mit einem höhnischen Blick.

Ich denke, wir lassen es für heute Abend gut sein.
Ja, lassen wir es gut sein, sagte er und packte seine Ausrüstung zusammen.
Er ging auf Cohen zu und sagte: Man soll niemanden länger fotografieren, als eine Mücke braucht, um ihr Opfer zu finden und zuzustechen.
In der Tür drehte er sich um: Hat Onkel Atle gesagt.
Er schulterte die Fototasche und suchte sich seinen Weg zwischen den Obstbäumen hindurch. Oben fand er sein Handy im Handschuhfach. Er wählte Selmas Nummer. Sie nahm nicht ab. Er wollte, dass sie ranging. Wo war sie?
Er blieb stehen und dachte über Karis Worte nach, sie hatte gesagt, er sei feige, so unglaublich feige. Vielleicht hatte sie recht? Was würde ein mutiger Mann in dieser Situation tun?
Er ging wieder hinunter zum Gartenhaus.
Durch das Fenster sah er, dass Richard M. Cohen mit dem Rücken zu ihm stand und das Bild von seiner Frau studierte. Auf dem Tisch lagen die Tuben, er sah die glänzenden Messer, die nur auf Ärger warteten. Fjord, dachte er, Fjord.
Er entdeckte den Schlüssel, der immer noch in der Tür steckte. Leise schloss er die Tür, drehte den Schlüssel um und ging langsam wieder hinauf zum Auto.

Auf der Fähre hatte er ein warmes Gefühl in der Brust, er stand an Deck, während eine sinnlose Glückswelle über ihn hinwegrollte. Lass uns noch mal von vorn anfangen, dachte er, lass uns wieder eine Form von Normalität finden, eine neue Art, zusammen zu sein.
Auf dem Fjord lagen Fischerboote in der Dämmerung, um

nach Sprotten zu suchen, sobald es dunkel wurde. Er warf den Schlüssel über die Reling und sah Richard M. Cohen vor sich, der jetzt im Gartenhaus gefangen war, wie ein Schwärmer, den man an einem der letzten Augusttage einfing, der zwischen den Handflächen hin- und herflatterte, ein verzweifelter Tanz von einer Seite zur anderen.

Wieder an Land, fuhr er rasch durch das Zentrum hinauf zu seinem Haus, die Straße entlang, die er schon so viele Male entlanggefahren war, er war auf derselben alten Straße unterwegs zu etwas Neuem. Seine Hände waren jetzt ganz ruhig, er dachte daran, wie gut sie einander kannten, nach all den Jahren, die sie zusammen gehabt hatten, für all die Jahre, die sie noch haben würden, noch hatten sie das Beste vor sich.

Als er ankam, stand das Haus dunkel und verschlossen da. In der Eile am Morgen hatte er den Haustürschlüssel vergessen. Er klingelte, aber nichts geschah. Er ging um das Haus herum, um nachzusehen, ob die hintere Tür offen war. Die ersten Sterne waren jetzt am Himmel aufgetaucht, er konnte sie über den schwarzen Umrissen eines Bergs erkennen.

Auch die hintere Tür war verschlossen. Er klopfte ans Fenster. Im Haus rührte sich nichts. Die Nacht war so still, dass er im Nacken seinen eigenen Herzschlag hörte. Er versuchte, durchs Fenster zu schauen. Er konnte fast nichts erkennen. Er wusste, dass sich seine Augen bloß an die Dunkelheit gewöhnen mussten, dann würde er etwas sehen.

Bist du da?, dachte er. Bist du da, Liebling?

Er klopfte wieder ans Fenster. Jetzt glaubte er, Selma im Bett zu erkennen, so wie sie heute Morgen dagelegen hatte, als sie ihm den Rücken und ihren entblößten Po zugewandt

hatte, als hätte sie sich seit dem Vormittag nicht bewegt. Er klopfte, aber nichts rührte sich.
Hier stand er in der Augustnacht, als würde er darauf warten, dass jemand etwas sagte, dass jemand eine Erklärung abgab oder eine Wahrheit enthüllte, die Licht auf das Vorgefallene warf. Niemand kam, nichts geschah, und einen Augenblick lang lächelte er über sich, weil ein Teil von ihm tatsächlich geglaubt hatte, es würde etwas passieren, was war er für ein Idiot, wie er hier stand und vor seinem eigenen Haus in der Dunkelheit wartete.

Motel im Westen

Edward Hopper (1882–1967)
Western Motel, 1957
Öl auf Leinwand, 77,8 × 128,3 cm
Yale University Art Gallery
Testamentarisch vermacht von
Stephen Carlton Clark, B. A. 1903

Tom wollte mich fotografieren, bevor wir weiterfuhren. Eigentlich machte er nur Aufnahmen von Inneneinrichtungen. Er hatte vor der Abreise die Idee gehabt, alles zu fotografieren, was er vergessen würde, alles, was nach wenigen Tagen aus seinem Gedächtnis verschwinden könnte. Eifrig hatte er Zimmer und Gegenstände verewigt, die er für so gewöhnlich einschätzte, dass sie uns während unseres Aufenthalts nicht auffielen.
Auf der Weiterfahrt hatte ich mehrmals gefragt, ob er wirklich glaube, dass wir uns diese Bilder nach unserer Rückkehr anschauen würden. Grinsend hatte ich vorgeschlagen, er könne Freunde und Bekannte einladen, um ihnen unsere Urlaubsbilder zu zeigen. Wir würden ihnen ein Glas Wein und etwas zu knabbern vorsetzen, bevor wir in den Keller gingen, um uns Fotos von Wänden, Betten, Nachttischen und Klamotten über Stuhllehnen anzuschauen. Ich sei sicher, der Abend würde ein voller Erfolg werden.
Jetzt platzierte er mich so auf dem Bett, dass er die Vorderseite des Autos draußen und die Koffer, die am Fußende des Betts standen, mit aufs Bild bekam. Obwohl es mich offensichtlich nicht interessierte, erklärte er mir, welchen Ausschnitt er wählte. Mein rotes Kleid mache sich gut vor dem grünen Autolack, sagte er. Ich versuchte zu lächeln, um ihn zu ärgern, aber es gelang mir nicht. Tom hasste es, wenn ich auf Fotos lächelte. Er war der Meinung, die Bilder wirkten dadurch nachgemacht und gestellt.
Stimmt was nicht?, fragte er, ohne von der Kamera aufzublicken.
Ich gab keine Antwort.
Mit seinen Fragen konnte er mich zur Weißglut treiben. Ich hatte es ihm schon tausendmal gesagt. Er brauchte

keine Fragen zu stellen und sich keine Sorgen zu machen, ich war glücklich, wenn ich mit ihm zusammen war. Das hier war meine Entscheidung. Manchmal nickte er, wenn ich das sagte, aber ich sah ihm an, dass er es nicht verstand.

Heißt das, dass du dich nicht an mich erinnern wirst?, fragte ich.

Tom löste sich vom Stativ und richtete sich auf.

Wie kommst du darauf?

Wenn du mich jetzt plötzlich fotografieren willst, dann heißt das doch, dass du mich so gewöhnlich findest, dass du dich anders nicht an mich erinnern würdest.

Er seufzte. Ich lächelte ihm zu.

Nicht lächeln, sagte er. Ich will kein Bild von dir, auf dem du lächelst.

Du bist süß, wenn du fotografierst, sagte ich.

Tom zog resigniert die Schultern hoch und forderte mich auf, mich nicht zu bewegen.

Ich meinte es ernst. Er fotografierte mit einer Ernsthaftigkeit, die mir gefiel, als wäre es sein Beruf, als wäre er einer dieser Magnum-Fotografen bei einem Auftrag. Er war immer enttäuscht, wenn er das Ergebnis sah. Die Bilder waren nie so, wie er sie durch die Linse gesehen oder im Kopf gehabt hatte.

Er bat mich, die Hand auf die Fußseite des Betts zu legen und mich mehr zu ihm zu drehen. Ich gehorchte.

Sehr gut, rief er.

Ich lächelte und zog einen Schmollmund. Er schüttelte den Kopf.

Nicht lächeln, sagte er.

 Verstehst du mich nicht?, fragte ich. Wenn wir einen Un-

fall bauen und ich sterbe, ist dies das letzte Foto von mir. Ich würde auf dem allerletzten Bild gern lächeln.
Bist du heute mit dem falschen Fuß aufgestanden?, fragte Tom.
Das hier wird das Foto sein, das du deiner neuen Freundin zeigst, sagte ich.
Hör auf, sagte Tom.
Du wirst sie kennenlernen, nachdem du anderthalb Jahre oder so getrauert hast. Dann wirst du das Foto hervorholen und es ihr zeigen, du wirst ihr sagen, dass du es nur wenige Stunden vor dem Unfall gemacht hast.
Er senkte die Kamera und sagte, er habe das Bild im Kasten. Es werde ein gutes Bild werden.
Wir nahmen die Koffer und gingen zum Auto. Draußen roch es nach Spätsommer und frischgemähtem Gras. Die Sonne polierte die langen Bergrücken mit weißem Licht. Wir hatten Glück mit dem Wetter. Das wurde uns auf unserer Reise immer wieder gesagt. Die Iren witzelten, dass sie normalerweise nicht von einer warmen Jahreszeit sprechen könnten, hier sei der Sommer nur eine kurze Aufheiterung zwischen zwei Regenschauern.
Ich verstaute das Gepäck im Kofferraum und setzte mich ans Steuer. Tom ging zur Rezeption, um die Schlüssel abzugeben. Durch die Windschutzscheibe sah ich das Meer. Am Strand von Enniscrone standen ein paar viktorianische Badehäuser, die wir gestern Abend entdeckt hatten. Tom hatte sie fotografiert, während die Wellen ans Ufer gespült wurden. Ich hatte gesagt, die Badehäuser seien so ungewöhnlich, dass ich mich sowieso an sie erinnern würde.
Wir fuhren los.
Die Straße zog sich schmal und grau durch die grüne Land-

schaft. Quadrate aus Sonnenlicht huschten über meine Oberschenkel. Ich hatte mich vor dem Linksverkehr gefürchtet, hatte mich aber schnell daran gewöhnt. Nach dem dichten Verkehr in Dublin ging es in den Dörfern jetzt ganz leicht. Die Leute fuhren zwar ziemlich wild, aber sie grüßten, wenn sie einem entgegenkamen, als wären wir alte Bekannte.

Wir hatten uns eine Strecke von Dublin nach Norden, Richtung Belfast, ausgesucht, die Küste entlang, durch Derry und Donegal nach Sligo. Unterwegs las Tom mit monotoner Stimme aus dem Reiseführer vor und ging mir damit ziemlich auf die Nerven. Jetzt sagte er, in dieser Bucht habe Ende des 18. Jahrhunderts die französische Invasion stattgefunden.

Ich sagte nichts. Nur das Brummen des Motors hing zwischen uns.

Was ist denn heute mit dir los?, fragte Tom.

Nichts ist los, antwortete ich.

Aber es hat mit uns zu tun, oder?

Ich seufzte.

Ich sage Bescheid, wenn was nicht stimmt, Tom.

Okay, ich habe mich nur so auf diesen Urlaub gefreut. Jetzt will ich, dass alles perfekt wird.

Es wird nicht perfekt werden. Nichts ist perfekt.

Doch. Wie es jetzt ist, ist es perfekt.

Ist es nicht. Es ist wie mit deinen Fotos. Du hältst sie für perfekt, bis sie entwickelt sind. Dann siehst du, dass sie alles andere als perfekt sind.

Er sagte nichts mehr.

Ich bereute, was ich gesagt hatte. Ich wollte ihm nicht weh tun, aber es gab Tage, da zweifelte ich an allem. Vielleicht musste ich nur spüren, dass mich jemand brauchte. Nachdem die Kinder größer geworden waren, hatte ich das Gefühl vermisst, gebraucht zu werden. Dann war Tom aufgetaucht, ein junger Mann, der alles daran setzte, mich zu kriegen.

Immer wieder hatte ich ihn gefragt, warum er mich haben wollte. Er konnte alle haben, alle, in seinem eigenen Alter oder jünger.

Er hatte stets geantwortet: Ich will dich.

Ich hatte gesagt: Wenn ich neunzig bin, musst du mit Rosen und Konfekt ins Altenheim kommen.

Ohne Konfekt, hatte er gesagt. Das macht nur dick.

Kurz nach drei hielten wir in Newport, um dort etwas zu essen. Das Gästehaus Aisling lag direkt an der Hauptstraße. Der Himmel war weiterhin fast wolkenlos, und eine träge Wärme entstieg dem Asphalt. Man konnte draußen sitzen. Fischer luden im Hafen Hummer aus. Tom wollte Irish Stew. Ich bestellte mir einen Salat, war aber nicht sehr hungrig, als das Essen kam.

Welcher ist der beste Grace-Kelly-Film?, fragte Tom beim Essen.

Er hatte im Reiseführer gelesen, dass ein paar von Grace Kellys Vorfahren aus diesem irischen Dorf kamen.

Keine Ahnung, antwortete ich.

Bist du nicht Filmkritikerin?

Heute bin ich Touristin.

Tom sagte, er sei nicht ganz sicher, meine aber, *Das Fenster zum Hof*. Ich sagte, mir habe schon immer *Über den Dächern von Nizza* gut gefallen. Er protestierte und sagte, ich könne die beiden unmöglich miteinander vergleichen. Ich schob die Sonnenbrille hoch und erklärte, dass mir beson-

ders die Szene gefiel, in der Grace Kelly mit Cary Grant als Beifahrer im Cabrio sitzt. Mit ihrem Schal, dem Lächeln und überhaupt sehe sie wunderschön aus. Und außerdem sei es witzig, wie skeptisch Cary Grant ihren Fahrkünsten gegenüber sei.
Tom sah mich an. Ich stellte den Salat auf den Nachbartisch und trank Wasser. Eine Zeitlang sagte ich nichts. Seine Passivität ging mir auf die Nerven.
Das hast du nur erfunden, sagte ich.
Was denn?
Das mit uns. Das hast du nur erfunden.
Wie meinst du das?
Du liebst mich nicht. Das alles findet nur in deinem Kopf statt.
Wie kannst du so etwas sagen?
Weil es stimmt.
Tom wischte sich mit einer Serviette den Mund ab. Ich sah, dass er verletzt war, aber er sagte nichts, unternahm nichts. Ich wollte, dass er meine Hand nahm. Ich wollte, dass er mich küsste. Ich wollte, dass er auf den Tisch kletterte und rief, er liebe mich, während die Gäste und die Passanten ihn anstarrten.
Das sehe ich an deiner Reaktion, sagte ich.
Was denn?
Das hier bedeutet dir nichts. Ich kenne dich inzwischen. Wenn ich etwas Besonderes für dich wäre, würdest du anders reagieren.
Die Bedienung kam mit der Rechnung. Ich stand auf und ging zum Auto, ohne auf Tom zu warten. Das Sonnenlicht wurde vom Lack eingefangen und zurückgeworfen. Ich lehnte mich an die Motorhaube und schloss die Augen,

spürte etwas Kühles im Gesicht, eine leichte Brise vom Meer. Der Atlantik linderte den Sommer wie ein feuchtes Tuch auf der Stirn.
Tom kam langsam zum Auto und setzte sich auf den Beifahrersitz.
Willst du fahren?, fragte ich.
Er schüttelte den Kopf, sah mich nicht an.
Ich ließ den Motor an und schaltete das Autoradio ein. Während wir am Meer entlangfuhren, kamen Radiosender herein und verschwanden wieder. Kurze Clips aus Musik und Stimmen füllten das Wageninnere. Ich fuhr gern. Mein Vater hatte es mir beigebracht, als ich sechzehn war. An einem Sonntag hatte er mich ans Steuer gesetzt und mir den Unterschied zwischen den Pedalen erklärt. Ich weiß noch, wie es war, als ich mir die Armaturen ansah. Ich erinnere mich an das Hochgefühl, das ich hatte, als mir klar wurde, dass das Auto nach vorn schießen würde, wenn ich nur meine Bewegungen koordinierte.
Ich sah zu Tom. Griff nach seiner Hand, er legte sie wieder zurück.
Er weinte leise. Ich ertrug seine Tränen nicht. Sie zeigten mir, wie verletzlich er war, wie anders er war als die, mit denen ich bisher zusammen gewesen war. Wegen dieser Tränen wünschte ich mir, ich wäre ihm früher begegnet.
Stimmt was nicht?, fragte ich und ahmte Toms Stimme nach.
Er antwortete nicht.
Ich bereute es wieder.
Wie um mich zu bestrafen, dachte ich an meine Kinder. Sie hatten den größten Teil des Sommers bei mir verbracht, jetzt vermisste ich sie mit einer stillen Intensität, die früher

oder später in mir detonieren würde. Im Flieger hierher hatte ich England von oben gesehen, hatte die Küste und die Städte gesehen, in denen wir sonst Urlaub machten. Obwohl ich in diesen Sommern unglücklich gewesen war, sehnte ich mich jetzt zurück in die Zeit, als es nur uns vier gab. Im Flieger hatte ich daran gedacht, dass meine Familie immer noch dort unten war. Sie suchten am Strand nach Muscheln und Steinen. Fuhren Auto-Skooter und aßen Eis. Nur ich fehlte.

Kannst du nicht etwas langsamer fahren?, fragte Tom.

Ich bremste zunächst etwas ab, dann gab ich wieder Gas, fuhr noch schneller, fuhr über hundert. Bei dem Tempo verschwand die Landschaft um uns herum. Alles wurde auf Himmel, Meer und Landstraße reduziert. Ich fuhr gern in die Kurven, spürte die Kontrolle, die ich über den Wagen hatte. Das Linksfahren hatte mich aus meiner Stumpfheit gerissen, hatte mich die Freude am Autofahren neu entdecken lassen.

Vor Ballyconneely wollte ich einen Traktor überholen, der die Straße einen Kilometer lang blockiert hatte. Ich war sicher, dass wir es problemlos schaffen würden, aber als ich aus der leichten Linkskurve kam, schrie Tom auf. Ich bremste scharf und kam vor einer Kuhherde zum Stehen. Ein älterer Mann im Tweedmantel drohte dem Auto mit seinem Hirtenstab. Die Kühe trotteten über die Straße, verschwanden hinter einem Mäuerchen und zogen weiter auf ein Feld.

Ich löste die Bremse und fuhr ruhig weiter.

Meine Güte, sagte Tom. Wolltest du uns umbringen?

Wolltest du nicht Irland sehen?

Doch, aber nicht mit hundert Stundenkilometern.

Ich blinkte, fuhr zur Seite und hielt. Ich blieb einen Augenblick sitzen, bevor ich die Tür aufmachte und ausstieg. Ich begann, die Straße entlangzulaufen, ohne mich umzuschauen. Mein Kleid klebte am Körper, mein Kopf fühlte sich kühl und heiß zugleich an. Obwohl ich dafür nicht die richtigen Schuhe anhatte, überlegte ich, zu Fuß nach Ballyconneely zu gehen, das sollte ich schaffen, ich würde es ihm zeigen.
Nach ein paar Minuten hörte ich hinter mir ein Auto. Ich drehte mich nicht um, sah aber aus den Augenwinkeln, wie der grüne Renault neben mir auftauchte. Tom hatte das Fenster heruntergelassen.
Hör zu!, rief er.
Er fuhr im Schritttempo neben mir her. Ich blieb stehen und sah ihn kurz an. Dann zog ich meine Schuhe aus, warf sie über das Mäuerchen und ging ohne Schuhe weiter, Staub und Dreck hefteten sich an meine Beine, meine Füße schmerzten bei jedem Schritt, die Sonne hatte die Straße aufgeheizt.
Ich hörte das Auto nicht mehr, beschloss aber, mich auf keinen Fall umzudrehen. Hoch am Himmel hatten sich Wolken versammelt. Schatten zogen über die Landschaft wie führerlose Schiffe. Ich kam zu einer kleinen Erhebung. Die Straße schlängelte sich weiterhin durch das Grün, es sah aus, als führte sie direkt ins Meer.
Tom kam angerannt. Ich hörte, dass er außer Atem war. Ich sah ihn nicht an. Wir liefen zusammen weiter, ohne ein Wort zu sagen. Ich spürte, wie ich von der Sonne betäubt wurde.
Endlich machte Tom den Mund auf.
Sag, was ich tun soll, und ich tu es.

Ich drehte mich zu ihm um, blieb aber nicht stehen.
Hör zu, sagte er. Ich will dich einfach nur glücklich machen.
Ich blieb stehen. Tom blieb stehen.
Er sah mich mit einem Blick an, den ich nicht zu deuten vermochte. So hatte ich ihn noch nie gesehen. Dann zog er ebenfalls die Schuhe aus und warf sie über das Mäuerchen. Er krempelte die Hose hoch und lief los. Nach ein paar Metern drehte er sich um und ging rückwärts weiter, winkte.
Komm schon!, rief er.
Ich rührte mich nicht. Er winkte mit beiden Händen, begann auf der Straße zu tanzen, eine Art Parodie auf den irischen Volkstanz. Er sang und tanzte.
Tanz mit mir!, rief er.
Ich begann zu grinsen.
Tanzend kam er zu mir zurück. Ich musste lachen.
Als er bei mir angekommen war, nahm er mich in den Arm. Ich schlang die Arme um seinen Nacken. Wir küssten uns. Ein Auto fuhr vorbei, der Fahrer hupte. Hand in Hand gingen wir zurück zu unserem Renault, der halb auf dem Feld geparkt war.
Du kannst fahren, sagte ich, und holte andere Schuhe aus dem Kofferraum.
Tom ließ den Motor an und rollte auf die Straße. Er fuhr ruhig und vorsichtig. Ich schloss die Augen und spürte, wie die Reifen über die löchrige Straße rollten. Ich erinnerte mich an die Urlaubsreisen im Amazon meines Vaters. Meine kleine Schwester und ich saßen immer auf dem Rücksitz, wo es nach Leder roch. Die Fenster waren heruntergelassen, die Luft strömte herein. Wir sausten durch

Städte, zählten Telefonmasten oder Autos einer bestimmten Farbe.
Tom nahm meine Hand.
Wo sind wir?, fragte ich.
Ich weiß es nicht, antwortete Tom.
Du weißt es nicht?
Nein, scheißegal, wo wir sind.
Ach?
Es interessiert mich nicht, wo wir sind, Hauptsache, ich bin mit dir zusammen.

Am frühen Abend näherten wir uns Galway. Ich betrachtete die sanften Hügel, während Tom fuhr, an manchen Stellen ragte grauer Fels aus dem Gras. Das Meer lag still da, beschienen von einem gespenstischen Licht, das vom Himmel kam. Mir war aufgefallen, wie schnell sich das Licht in Irland veränderte, nicht von Stunde zu Stunde, sondern von Minute zu Minute.
Vor Spiddal tauchten vier Motorräder neben uns auf und überholten uns mit hoher Geschwindigkeit. Die Biker hupten und winkten, als sie an uns vorbeifuhren. Sie waren als Weihnachtsmänner verkleidet, statt der Helme trugen sie Nikolausmützen.
Was war das denn?, fragte Tom.
Weihnachtsmänner, antwortete ich.
Am 27. August?
Sie haben sich wohl im Kalender vertan.
Als wir uns dem Dorf näherten, entdeckten wir auf einem Acker an der Straße eine unförmige Gestalt.
Und was ist das hier?, fragte Tom.
Noch ein Weihnachtsmann, vermute ich.

Der aufblasbare Weihnachtsmann saß am Ortseingang von Spiddal. Er war bestimmt sieben oder acht Meter groß und schwankte leicht im abendlichen Lüftchen. Der Weihnachtsmann hatte ein seltsames Lächeln auf den Lippen. Er streckte die Hände nach den Autofahrern aus, als wollte er uns willkommen heißen.
Wir fuhren durch ein Baumspalier ins Dorf. Die Bäume waren mit Kerzen geschmückt, dazwischen hingen silberne Girlanden. Auf dem Marktplatz stand ein Weihnachtsbaum mit brennenden Kerzen.
Was ist das für ein Film?, fragte Tom.
Film?, fragte ich.
Ja, wir sind in einen Film geraten. Fällt dir der Titel dazu ein?
Nein, den hier kenne ich nicht.
Wir parkten neben der Kirche. Ganz in der Nähe hatte einer der Motorradfahrer gehalten. Er saß in voller Weihnachtsmannmontur auf seinem Motorrad und rauchte. Er winkte, als wir an ihm vorbeigingen. Wir grüßten zurück.
Wollen wir etwas essen?, fragte Tom.
Eine Weihnachtsgans vielleicht?, fragte ich.
Alle Schaufenster in Spiddal waren weihnachtlich geschmückt. Beim Metzger lagen Geschenke in verschiedenen Größen und in unterschiedliches Geschenkpapier gewickelt. An der Tankstelle hatten sie Schnee ans Fenster gesprüht. Die schöne spätsommerliche Sonne über der Galway-Bucht verstärkte die Ahnung, etwas sei außer Kontrolle geraten. Bald würde irgendein Verantwortlicher auftauchen und sich entschuldigen: Sorry, wir haben uns geirrt!
 Ein paar sommersprossige Jungen mit einem Ball gingen an

uns vorbei. Der Weihnachtsmann verschwand in Morrissey's Pub in der Moycullen Road. Ich sah Tom an, er nickte. Wir gingen hinterher. Drinnen roch es nach Balsam und warmem Wachs. Auf den Tischen brannten große, rote Kerzen.

Ist es dir zu laut?, fragte Tom.

Nein, suchen wir uns einen Tisch.

Die Leute grüßten lächelnd. Mitten im Raum stand ein Weihnachtsbaum. Auf einer kleinen Bühne an der Seite machte sich ein Orchester bereit. Festlich gekleidete Kinder rannten zwischen den Tischen herum.

Wir fanden einen freien Platz in einer Ecke des Pubs. Tom ging zur Theke, um zu bestellen. Er blieb einen Moment dort stehen und unterhielt sich mit dem Wirt, einem kleinen Mann mit großen Ohren. Ich sah mich um, betrachtete die Gesichter. Zwei der Weihnachtsmänner saßen an der Theke und tranken Guinness.

Tom kam mit Bier für uns zurück.

Ich habe uns Weihnachtsplatten bestellt, sagte er und setzte sich.

Er hob das Glas.

Frohe Weihnachten, Liebling.

Frohe Weihnachten.

Wir tranken.

Ich habe ein Zimmer gebucht, sagte er. Gleich hier über dem Pub. Ist das okay?

Ich nickte. Es gefiel mir, dass er die Initiative ergriff, dass er nicht immer abwartete, was ich wollte. Tom zeigte auf einen dünnen Jungen, der den Musikern zusah. Er trug eine graue Hose, ein weißes Hemd und eine schwarze Weste. Seine Haare waren rot und mit Wasser gekämmt. Er

mochte zehn oder elf Jahre alt sein. Eine Frau im Kleid fotografierte den Jungen zusammen mit dem Orchester.
Der Wirt hat erzählt, der Junge sei im Alter von sieben Jahren fast gestorben, sagte Tom. Er hat mir auch gesagt, welche Krankheit er hatte, aber ich kannte das englische Wort nicht. Jedenfalls fanden sie ihn am 23. Dezember vor vier Jahren halbtot unten am Strand. Er wurde mit dem Hubschrauber in ein Krankenhaus nach Dublin geflogen, und wie durch ein Wunder konnten die Ärzte sein Leben retten. Tom erzählte, der Junge habe monatelang im Krankenhaus gelegen. Er musste mehrere Operationen über sich ergehen lassen, aber an einem Tag im August durfte er endlich nach Hause. Da kamen die Leute im Dorf zusammen, um das Weihnachtsfest zu feiern, das der Junge verpasst hatte. Seitdem ist es in Spiddal Tradition geworden, Weihnachten auch am 27. August zu feiern.
Das Orchester begann zu spielen. Nach drei, vier Weihnachtsliedern kam ein Mädchen auf die Bühne und sang:

Love came down at Christmas
Love all lovely, Love divine
Love was born at Christmas
Stars and angels give the sign

Nach dem kleinen Konzert versammelten sich die Kinder um den Weihnachtsbaum. Die Frauen zündeten die Kerzen an. Als die letzte brannte, löschte jemand das Deckenlicht. Die Weihnachtsmänner kamen herein und überreichten den Kindern Geschenke. Nur durch die Glasscheibe oben in der Tür und durch die Fenster fiel Licht herein und störte die Illusion vom Weihnachtsabend.
 Ich betrachtete den Jungen. Er hatte etwas Empfindsames

an sich. Ich sah meine eigenen Kinder vor mir. Was machten sie jetzt? Waren sie glücklich? Vermissten sie mich?
Der Wirt brachte uns das Essen.
Er fragte, ob alles in Ordnung sei. Wir nickten.
An Heiligabend brauchen alle mehr Wärme als sonst, sagte der Wirt. Noch ein Bier?
Gern, sagte Tom.
Der Wirt ging zur Theke und kam mit zwei Gläsern zurück.
Willst du keine Fotos machen?, fragte ich Tom.
Er schüttelte den Kopf und lächelte.
Geht es dir gut?, fragte er.
Ich nickte. Das Essen und die Stimmung im Pub hatten mich mit einem friedlichen Gefühl erfüllt. Ich sah, wie der dünne Junge mit einem Plastikraumschiff durch die Gegend rannte. Er lächelte und imitierte lautstark Fluggeräusche.
Ich nahm Toms Hand.
Ich ertrage den Gedanken nicht, aber du musst dich von mir trennen, sagte ich.
Tom schüttelte den Kopf.
Ich will nur dich, sagte er.
Du musst dir eine andere suchen, sagte ich.
Warum?
Ein Mann kann mit einer jüngeren Frau zusammen sein. Andersherum geht es nicht.
Natürlich geht es. Wenn man die zwanzig überschritten hat, spielt das Alter keine große Rolle mehr.
Ich will dich nicht daran hindern, Kinder zu haben, Tom. Ich will dich nicht um die Erfahrung bringen, eigene Kinder zu bekommen, mitzuerleben, wie sie aufwachsen.
Ich will nur dich.

In ein paar Jahren hast du das Leben mit mir satt, dann suchst du dir eine in deinem Alter.
Hörst du mir nicht zu? Ich will nur dich.
Ich seufzte und schüttelte den Kopf.
Tom war stur, wenn er einmal eine Entscheidung getroffen hatte. Das gefiel mir an ihm, aber ich wusste, dass man immer an einen Punkt kam, an dem man seine Meinung ändern musste oder unterging. Ich fürchtete nur, dass ich ihn für immer verlor, während ich mich danach sehnte, ihn fester an mich zu ziehen.
Ich sagte: Ich möchte jetzt gern nach oben gehen und mir dieses Zimmer ansehen.

Unter der Dusche spürte ich, wie gut es tat, den langen Tag abzuwaschen. Mein Kopf schien plötzlich leer, als wäre alles ausgelöscht. Ich wickelte mich in ein Handtuch und ging ins Zimmer, das typisch irisch eingerichtet war, ganz mit Teppichboden. Tom lag auf dem Bett und las Zeitung.
Ich ging zum Fenster. Es wurde langsam dunkel. Das Meer spiegelte einen dämmrig blauen Himmel. Alles wirkte fast zu schön, zu gelungen, zu ausgedacht. Einer der Weihnachtsmänner kam mit einer Frau die Straße entlang. Sie blieben stehen und küssten sich, lehnten sich an eins der parkenden Autos.
Habe ich dir von meiner Schneeflocke erzählt?, fragte ich, ohne mich umzudrehen.
Nein, sagte Tom.
Ich muss vier oder fünf gewesen sein, sagte ich, als ich zu Hause am Fenster stand und den ersten Schnee des Jahres sah. Die Flocken wirkten mickrig, als wären sie nur eine Botschaft der Kälte. Eine bestimmte Schneeflocke fiel mir

auf. Im Gegensatz zu den anderen fiel sie nicht gerade nach unten, sondern scherte aus und steuerte schräg auf den Boden zu. Ich nahm mir vor, dieses Bild nicht zu vergessen. Die Schneeflocke, die quer durch die Atmosphäre fällt.
Tom stellte sich hinter mich und legte die Arme um mich. Ich drehte mich um und küsste ihn.
Glaubst du, es gibt Schnee?, fragte er.
Ja, heute Nacht werden die Leute im Tiefschnee nach Hause gehen.
Tom löste das Handtuch. Er strich über meine Beine und Hüften. Ich lehnte mich nach hinten, an ihn. Seine rechte Hand fand mein Geschlecht.
Ich will nur dich, sagte er.
Ich sah unser Spiegelbild im Fenster. Tom wirkte hinter mir unscharf und grobkörnig. Ich küsste ihn, hörte, wie sein Atem rascher und schwerer wurde.
Nimm mich, sagte ich.
Ich nahm seine Hand und zog ihn zum Bett. Er setzte sich auf die Bettkante, ich blieb stehen. Sitzend küsste er meine Brüste und meinen Bauch. Ich beugte mich vor und küsste ihn, blieb an seinem Mund hängen, als könnte uns nichts mehr voneinander lösen.
Ich werde mich nie von dir trennen, flüsterte er und hielt mich fest.
Ich wusste, dass das nicht stimmte. Noch gab es einen Rest Sommer in mir. Sobald dieser Rest weg war, würde auch Tom verschwinden. Das konnte nach diesem Urlaub passieren, in einem Jahr oder in zwei. Ich wusste, dass es unvermeidlich war, aber ich drückte ihn aufs Bett und setzte mich auf ihn. Ohne ein Wort nahm ich seinen Penis und führte ihn in mich ein.

Einfahrt in die Stadt

Edward Hopper (1882–1967)
Approaching a City, 1946
Öl auf Leinwand, 68,89 × 91,44 cm
Erworben 1947
The Phillips Collection,
Washington, DC

Der Rhythmus des Zugs hatte sich auf ihren Körper übertragen, eine Unruhe, die zu ihrer eigenen passte, dachte sie. Während der Fahrt war die Landschaft wie ein Nebel aus Gegenständen auf der anderen Seite der Fensterscheibe vorbeigezogen. Sie hatte nach Punkten gesucht, an denen sie sich festhalten konnte. Ein paar Kilometer vor Nottingham hatte sie in ein Auto gestarrt, das an einer roten Ampel wartete. Eine Frau saß am Steuer, ein Junge im Fußballtrikot auf dem Beifahrersitz. Als der Zug vorbeifuhr, sah die Frau ihr genau in die Augen. Sie hatte sich so sehr gewünscht, diese Frau zu sein, in diesem Auto zu sitzen, unterwegs zum Einkaufen oder zum Fußballtraining, hatte sich gewünscht, jemand zu sein, der seinen Sohn zu einem ganz alltäglichen Termin fuhr.

Der Zug verschwand in einem Tunnel unter den Straßen. Die Leute um sie herum machten sich zum Aussteigen bereit, sie packten Bücher, Zeitungen und Spiele ein, alles, was sie mitgenommen hatten, um sich die Reisezeit zu verkürzen. Unterwegs hatte sie ihre Mitreisenden verstohlen betrachtet und sich gefragt, wer sie wohl waren. Ihr war klargeworden, dass es für die anderen eine ganz gewöhnliche Reise war. Am Bahnhof würden sie aussteigen und sich in der Stadt verteilen, um Dinge zu tun, über die sie nicht nachdenken, die sie nicht vor sich selbst rechtfertigen mussten.

Ein Handy piepte, kurz bevor der Zug in den Bahnhof einfuhr. Mehrere Fahrgäste im Abteil holten ihre Telefone heraus, aber das Piepen hörte nicht auf. Das Geräusch kam vom Sitz ihr gegenüber. Sie stand auf und fand ein Nokia-Handy im Fach am Fenster. Es verstummte, als sie es in der Hand hielt. Sie wusste nicht, was sie damit machen sollte.

Der Mann, dem es vermutlich gehörte, war irgendwo in Nord-London ausgestiegen. Er war um die sechzig gewesen und hatte einen Anzug und ein weißes Hemd getragen. Sie hatten sich nicht unterhalten, aber ihr war aufgefallen, dass er freundliche Augen hatte, die die ganze Zeit den Blick aus dem Fenster suchten.

Sie steckte das Handy in die Handtasche und beschloss, im Bahnhof nach einem Fundbüro zu suchen. Sie stieg aus und lief mit einem sehnsüchtigen Gefühl im Bauch über den Bahnsteig. Auf der Straße war sie plötzlich von London umzingelt. Ein Geruch schlug ihr entgegen, und sie erkannte die Mischung aus Arroganz, Müll und etwas Bitterem, das sie nicht recht benennen konnte. Es war zwei Uhr, sie ging an Läden und Kiosken, Kneipen und Restaurants vorbei und reihte sich ein in einen Strom aus Gesichtern und Körpern, aus Stimmen und Verkehr.

Im Hotel hatten sie bei der Buchung einen Fehler gemacht. Jetzt gab es kein freies Zimmer mehr, nur eine Suite, die abbestellt worden war. Der Portier war ein hagerer Mann mit französischem Akzent und femininen Gesten. Er entschuldigte sich für das Versehen, es werde selbstverständlich nicht zu ihren Lasten gehen, sie könne die Suite für zwei Nächte zum Preis des gebuchten Zimmers bekommen. Sie wollte keine Suite, das machte die Reise in gewisser Weise noch belastender, aber sie sagte nichts und nahm die Schlüsselkarte in Empfang. Der Portier lächelte verbindlich und wünschte ihr einen angenehmen Aufenthalt.

Das Zimmer war besser als alle anderen Hotelzimmer, die sie je in London bezogen hatte. Sie packte ihre Kleider aus und zog die schweren Vorhänge auf. Zwischen Bürogebäuden hindurch erblickte sie die schmutzig graue Themse. Im

Bürokomplex auf der anderen Straßenseite sah sie Leute vor Computern sitzen und an Kopiergeräten stehen, im Gespräch miteinander oder am Telefon. Sie fragte sich, ob jemand wusste, wie viele Millionen Zimmer es in dieser Stadt gab. Wenn man die Straße entlangging oder durch die Stadt fuhr, sah man nur Fassaden, aber sobald man ein Haus betrat, war es, als änderte die Stadt ihren Charakter. Das Erlebnis hatte die Farbe und den Geschmack des Zimmers, das man betrat, und der Person, die einen darin erwartete.

Sie hatte Russell mitten in der Nacht angerufen, weil sie glaubte, er wäre zu Hause in New York. Er spielte jedoch in Paris. Er hatte immer noch weltweit Auftritte, spielte in so vielen verschiedenen Gruppen, dass sie es nicht schaffte, sich auf dem Laufenden zu halten, obwohl sie sich aus dem Internet einen Tourneeplan hätte zusammenstellen können. Das war im Grunde schon die erste Lüge gewesen: dass sie seine Auftritte noch verfolgte, wusste, wo er spielte und an welchem Album er gerade saß. Sie hatte herausgefunden, dass er mit seinem Quartett am 27. August im *Barbican* in London auftrat. Obwohl sie wusste, dass es gefährlich war, hatte sie beschlossen, ihn anzurufen.

Er hatte laut gelacht, als er hörte, wer am Apparat war.

Ich wusste, dass du irgendwann anrufen würdest, hatte er gesagt.

Das wusstest du nicht, hatte sie protestiert.

Doch, aber ich hätte nicht gedacht, dass es so viele Jahre dauern würde.

Du warst schon immer mächtig eingebildet, Russ.

Nicht immer. Ich war nicht eingebildet, als wir noch zusammen waren.

Du warst hoffnungslos eingebildet. Darum konnten wir nicht zusammenbleiben.

Es war still geworden. Sie hatte andere Stimmen in der Leitung gehört, ein Knistern, einen Fernseher im Hintergrund. Willst du mich sehen?, hatte er gefragt.

Mein Leben ist heute ein anderes, hatte sie geantwortet.

Sie legte sich aufs Bett, hatte das Gefühl zu fallen. Sie hatte in der Nacht kaum geschlafen, hatte wachgelegen und sich bis zum Morgen hin und her gewälzt. Sie schaltete den Fernseher ein und zappte durch die Programme. Sie schloss die Augen und versuchte krampfhaft, an ihre Familie zu denken, was sie jetzt wohl machte, an all die Dinge, mit denen ein ganz normaler Tag gefüllt war.

Sie schlief ein und wurde von einem piependen Handy geweckt.

Zuerst dachte sie, es wäre ihr eigenes, und suchte es in der Jackentasche. Aber das Geräusch kam aus ihrer Handtasche, von dem Nokia-Handy, das sie im Zug mitgenommen hatte. Sie hatte ganz vergessen, es am Bahnhof abzugeben. Jetzt starrte sie auf die Nummer im Display und überlegte, ob sie rangehen sollte.

Als das Piepen aufhörte, rief sie mit dem Nokia-Handy ihr eigenes Handy an. Im Display erschien die Nummer. Sie rief die Auskunft an und erfuhr, dass ein gewisser James McGregor aus London der Besitzer war. Sie fragte nach seiner Festnetznummer. Anschließend verglich sie diese mit der Nummer, die auf dem Display erschienen war. Sie waren identisch. James McGregor auf der Suche nach seinem verlorenen Handy.

Sie rief ihn auf der Festnetznummer zurück, aber keiner nahm ab.

Von ihrem eigenen Handy aus schickte sie eine SMS an Russell. Sie erwartete keine Antwort, er war nicht der Mann, der antwortete. An ihrem ersten Abend hatte sie ihm ihre Telefonnummer gegeben und ihn gebeten, sie anzurufen. Sie hatte sich sogar einen Anrufbeantworter zugelegt, damit sie seinen Anruf nicht verpasste. Er rief nicht an. Schließlich musste sie anrufen. Damals hatte er einen Auftritt in Deutschland. Er hatte gefragt, ob sie kommen wolle. Sie hatte am nächsten Tag gepackt und war ihm nachgereist. Sie hatten die Wohnung in New York als Stützpunkt genutzt, waren fast zwei Jahre lang ständig unterwegs.

Das Nokia-Handy klingelte erneut.

Diesmal ging sie ran.

Hallo, sagte der Mann am anderen Ende.

Hallo, sagte sie.

Ich glaube, Sie haben mein Handy.

James McGregor?

Ja?

Ich habe versucht, Sie anzurufen.

Das ist nett von Ihnen.

Sie erklärte, was vorgefallen war. James McGregor fragte, wo sie wohne, und sie nannte ihm den Namen des Hotels. Er sagte, er könne in ein oder zwei Stunden da sein, wenn das für sie in Ordnung sei. Sie sah auf die Uhr, um acht hatte sie die Verabredung mit Russell. Sie gab ihm ihren Namen und ihre Zimmernummer.

Sie machte sich frisch und zog sich vor dem Spiegel um, blieb stehen und betrachtete sich. Sie musste daran denken, dass sie sich immer für einen unschuldigen Menschen gehalten hatte, für jemanden, der nichts Unerlaubtes tun, der anderen kein Leid zufügen konnte. Jetzt wusste sie, dass das nicht stimmte. Ihr Mann hatte sie heute Morgen zum Bahnhof gebracht. Vor dem Gebäude hatte er sie geküsst, und er hatte sie auf eine Weise angesehen, die ihr das Gefühl gab, er wisse, was sie plante, er verstehe, warum sie es tat, und er wolle, dass sie zu ihm zurückkehrte.

Kurz nach sieben rief die Rezeption bei ihr an. Sie habe Besuch. Ich komme sofort nach unten, sagte sie. James McGregor stand in der Lobby, er trug jetzt einen helleren Anzug als vorhin im Zug. Seine Haare waren nach hinten gekämmt und an den Schläfen grau. Sie sah einen gutaussehenden Mann, einen, der viel gereist war, gelebt und geliebt hatte, einen Mann, der keinerlei Erklärungen brauchte. Sie begrüßten sich. Sie nahm das Handy aus der Tasche und reichte es ihm.

Ich würde mich gern erkenntlich zeigen, sagte McGregor. Kann ich etwas für Sie tun?

Sie schüttelte den Kopf.

Er sah sie an, betrachtete ihr Gesicht und ihre Kleider. Sie spürte seinen Blick und fragte sich, ob an ihrem Aussehen etwas nicht stimmte.

Sie wollen noch ausgehen, sagte er. Vielleicht kann ich Sie irgendwo hinbringen?

Sie lachte und sagte, sie müsse zur Aldersgate Street. Sie hatte sich mit Russell in der Hotelbar verabredet. McGregor bot an, sie zu fahren, es sei kein großer Umweg für ihn. Sie hatte vorgehabt, ein Taxi zu bestellen, nahm das Angebot aber an.

Sie gingen nach draußen. McGregors Volvo stand auf dem Hotelparkplatz.

Gefällt Ihnen London?, fragte er, als sie sich in den Verkehr einreihten.
Ja, sagte sie.
Tja, sagte er, die Stadt ist so groß, dass man mit ihr nie ganz durch ist.
Sie klappte die Sonnenblende herunter, um sich vor der Abendsonne zu schützen. Im Spiegel erhaschte sie einen Blick auf sich selbst. Früher hatte sie das Älterwerden aus der Distanz betrachtet, wie eine Gefahr oder etwas Angsteinflößendes, etwas, das irgendwann eintreffen würde. Jetzt sah sie, dass sie Falten um die Augen hatte, die Haut hatte kleine Poren, die Haare hatten sich verändert. Sie sah die ersten Konturen der älteren Frau, zu der sie wurde. Sie überlegte, was Russell denken würde, wenn er sie sah, wie er sie anschauen würde, wenn er sie nach all diesen Jahren wieder betrachtete.
Deine Schönheit ist für eine Fotografin gerade richtig, hatte er am ersten Abend gesagt.
Müssen Fotografen schön sein?, hatte sie gefragt.
Ja, sonst hat keiner Lust, sich fotografieren zu lassen, hatte er geantwortet.
Eigentlich wollte sie damals den Pianisten fotografieren, einen amerikanischen Weltstar, der mit seinem Trio auf Tournee war. Sie hatten nach dem Konzert einen Termin gehabt, aber der Pianist war spurlos verschwunden, keiner wusste, wo er abgeblieben war. Während sie und der Journalist vor der Garderobe warteten, tauchte Russell Holt auf, um nach dem Auftritt seinen Bass wegzupacken. Sie hatte zum Spaß die Kamera hochgenommen und fotografiert, wie er mit dem Bass posierte. Ihr zu Ehren begann er ein Gedicht zu rezitieren und begleitete sich dabei. Später erzählte er, es

sei ein Gedicht von Frank O'Hara gewesen: »To the Mountains in New York«. In dieser Nacht waren sie die beiden letzten Gäste in der Bar gewesen. Er hatte ihre Hand genommen, und sie hatte gespürt, wie er sie erfasste, wie eine Welle oder ein abrupter Wetterumschwung.

Es ist bestimmt das erste Mal, dass ich mein Handy verloren habe, sagte James McGregor und legte einen anderen Gang ein.

Er sah sie an und sagte, es sei ein ungewöhnlicher Tag gewesen, einer dieser Tage, an die man sich erinnerte, obwohl man sie lieber vergessen sollte.

Warum?, fragte sie.

Ich weiß nicht, wie ich es erklären soll, ohne dass Sie mich für total verrückt halten.

Versuchen Sie es.

Er lachte.

Es ist seltsam, sagte er. Wenn eine Beziehung zu Ende ist, denkt man vielleicht, derjenige, den man geliebt hat, wird aus dem Leben verschwinden. Nicht sofort, nicht unmittelbar, aber man glaubt, dass der Betreffende nach und nach abhandenkommt.

Er schwieg und sah sie an.

Aber der eine oder andere bleibt, nicht wahr? Und eines Tages kehrt man zurück zu dem, was gewesen ist.

Aber es geht nicht gut?

Das kann man so sagen.

War sie nicht so, wie Sie sie in Erinnerung hatten?

Vielleicht kann ich es so sagen: Es gibt Reisen, zu denen man besser nicht aufbrechen sollte.

War sie wütend auf Sie?

 Nein, keiner war wütend. Das heißt, doch. Wer hat Sie eingeladen?, bekam ich zu hören. Sie tauchen einfach so hier auf und poltern in unser Leben.

Er sah sie wieder an.

Sind Sie verheiratet?, fragte er.

Ja, ich bin verheiratet.

Sie lachte.

Sie lachen?, fragte er.

Ja, ich lache.

Ist es lächerlich, verheiratet zu sein?

Vielleicht.

Sie wusste, dass an ihrem Mann nichts lächerlich war. Er war ein guter Mann, aber allein schon der Gedanke, sie könnte Russell nie mehr wiedersehen, hatte sie gelähmt. Seit fast fünfzehn Jahren war er aus ihrem Leben verschwunden. Dennoch hatte sie in ihm einen Beginn gesehen, etwas, das wieder anfangen konnte zu bluten.

Es tut mir leid, sagte McGregor. Ich benehme mich wirklich wie ein Schnüffler.

Das stimmt, sagte sie.

Sie fuhren weiter und redeten über alles Mögliche. London brummte und knirschte auf der anderen Seite der Windschutzscheibe. Sie hatte das Gefühl, in eine Straße einzubiegen, in der sie einmal gewohnt hatte, die sie aber nicht wiedererkannte.

McGregor fuhr an den Straßenrand, als sie die Adresse in der Aldersgate Street erreichten.

So, da wären wir, sagte er.

Sie war zu früh, blieb sitzen, übermannt von einem Anfall von Passivität. Am liebsten würde sie in diesem Auto bleiben, würde hier sitzenbleiben und sich dann davonfahren lassen, ohne handeln zu müssen.

Haben Sie eine Verabredung?, fragte er.
Sie antwortete nicht.
Tut mir leid, sagte er. Der Schnüffler in mir.
Sie sah ihn an.
Wünschen Sie mir Glück, sagte sie.
Viel Glück, sagte er und lächelte.
Sie stieg aus und ging zur Bar, in der sie mit Russell verabredet war. Nach ein paar Schritten drehte sie sich um und schaute zurück. Der Volvo stand immer noch auf der Straße. Sie winkte, konnte aber nicht erkennen, ob jemand zurückwinkte.

Hauptsache, man wartet lange genug, dachte sie, wenn man nur lange genug wartet, passiert etwas. Russell saß an einem Tisch in der Bar und sah aus dem Fenster. Es war zehn vor acht, und es war bestimmt das erste Mal, dass er pünktlich zu einer Verabredung mit ihr kam. Als sie noch zusammen waren, kam er immer zu spät, oft eine Stunde oder zwei, immer mit einer Erklärung oder einem schiefen Lächeln. Er kam zu spät oder tauchte überhaupt nicht auf.
Er hatte sie noch nicht bemerkt, saß mit dem Rücken zu ihr, und als er sich zur Straße drehte, sah sie sein Gesicht im Profil. Einen Moment lang war sie nicht sicher gewesen, ob er es wirklich war. Seine Haare waren grau geworden, damit hatte sie nicht gerechnet. Sie hatte so viel an ihn gedacht, aber sie hatte nie damit gerechnet, dass er graue Haare bekommen würde. Er trug auch eine Brille, eine Hornbrille, die ihm gut stand. Sie erkannte ihn an seiner Haltung, an der Art, wie er mit einer Zigarette in der Hand dasaß. Er kehrte ihr den Rücken zu, aber ihm gehörte der ganze Raum.

Sie ging durch die Lobby zur Damentoilette. Sie musste sich eine Minute oder zwei sammeln, bevor sie sich ihm näherte. Auf diese Situation war sie nicht vorbereitet gewesen. Sie war die ganze Zeit davon ausgegangen, dass sie auf ihn warten müsste, dass sie noch ein paar Minuten zum Nachdenken hätte.
Vor dem Spiegel begann sie zu zittern. Sie hielt sich die Hände vors Gesicht, als würde sie ihren eigenen Anblick nicht ertragen. Vor langer Zeit hatte etwas in ihr begonnen, ein Ziehen, das sie jetzt nicht mehr kontrollieren konnte.
Eine gutgekleidete Frau mit orientalischen Gesichtszügen kam in die Toilette, blieb vor dem Spiegel stehen und berührte sie an der Schulter.
Alles in Ordnung?, fragte die Frau.
Sie nickte.
Ganz sicher?
Sie wischte etwas Schminke weg und schloss die Augen, bevor sie die Tür öffnete. Dann ging sie nach draußen, unbewusst nahm sie Geräusche wahr, sie hörte eine Tasse, die auf einen Tisch gestellt wurde, ihre eigenen Schritte auf dem gefliesten Boden. Sie spürte das Gewicht jedes einzelnen Schrittes. Sie versuchte, den Kopf auszuschalten, nicht zu denken, nicht zu überlegen, einfach nur zu gehen, weiterzugehen.
Sie ging, ohne einen Blick auf Russ zu werfen, vorbei an seinem Tisch, an dem er mit dem Rücken zu ihr saß, vorbei an der Rezeption, zur Tür. Wieder auf der Straße ging ihr Atem schneller, und sie eilte den Bürgersteig entlang. Überrumpelt von ihrem eigenen Verhalten, dachte sie: So war es nicht geplant, das war nicht das, was ich wollte.
Hundert Meter weiter lehnte James McGregor rauchend

an seinem Auto. Er drückte die Zigarette aus und schüttelte den Kopf.

Es ist nicht gut gelaufen, sagte er.

Sie gab keine Antwort, ging einfach weiter.

Soll ich Sie zum Hotel fahren?, rief er.

Nicht nötig, sagte sie und blieb stehen.

Dann machte sie kehrt, ging zurück und setzte sich auf den Beifahrersitz.

McGregor wartete darauf, dass sie etwas sagte, aber sie starrte nur vor sich hin. Er ließ den Motor an, und sie reihten sich wieder ein in den Verkehr. Sie sagten kein Wort, er sah sie in regelmäßigen Abständen an, als wollte er sich vergewissern, dass sie noch heil war. Autos kamen ihnen entgegen, dieser stete Strom an Fahrzeugen, der sich durch die Straßen Londons schlängelte.

Sie betrachtete sich im kleinen Spiegel an der Sonnenblende und schminkte sich nach. Ihr wurde klar, dass sie sich davor vielleicht am meisten gefürchtet hatte. Sie hatte gehofft, es hätte sich etwas verändert, Russell hätte sich so sehr verändert, dass sie sich nicht länger von ihm angezogen fühlte. Dann wäre sie frei gewesen und in einer guten Position, um Entscheidungen zu treffen. Aber es hatte sich gezeigt, dass der Mann sie immer noch ganz vereinnahmte.

Nachdem sie eine Weile gefahren waren, fragte sie: Warum haben Sie auf mich gewartet?

Ach, die großen Fragen im Leben, sagte er lächelnd.

Geben Sie mir eine richtige Antwort, sagte sie.

Er schwieg. Dann erzählte er von einem Busfahrer, von dem er gelesen hatte. Der Mann hatte jahrelang in New York seine feste Linie gehabt. Eines Tages hatte er an den Haltestellen nicht gehalten, war an den wartenden Fahrgästen vorbeigebraust. Er hatte die Stadt hinter sich gelassen und war nach Süden gefahren, nach Florida. Als man den Fahrer später fragte, warum er das getan habe, antwortete er, er habe schon immer mal Florida sehen wollen.

Sie hielten an einer Ampel. McGregor sah sie an.

Sie waren auf dem Weg nach Florida, stimmt's?, fragte er.

Sie schwieg.

Sie fuhren weiter, ohne etwas zu sagen. Als sie vor dem Hotel hielten, blieb sie sitzen.

Ich weiß nicht, was ich sagen soll, sagte sie.

Sie brauchen nichts zu sagen.

Sie warten vielleicht ein andermal auf mich?

Das ist nicht auszuschließen.

Sie gab ihm die Hand und stieg aus. Auf der Straße drehte sie sich um und sah, wie das Auto blinkte und sich in den Verkehr einreihte. Das Blinklicht sah aus wie ein lautloser Alarm in der Dämmerung. Sie hörte den aufheulenden Motor, als McGregor eine Lücke fand. Sie sah dem Volvo nach, bis er mit den anderen Autos verschmolz und sich im frühen Abendverkehr auflöste.

Zurück in der Suite rief sie zu Hause an. Ihr Mann nahm sofort ab, als hätte er neben dem Telefon gesessen und nur auf ihren Anruf gewartet.

Alles in Ordnung?, fragte sie.

Ja, sagte er. Wie ist es in Swinging London?

Sie musste sich zusammennehmen, um nicht loszuheulen. Sie log und sagte, sie sei im Verlag gewesen und habe ihre Bilder präsentiert. In den letzten zehn, zwölf Jahren hatte sie die Strände am Tyne fotografiert, bei Sturm und Windstille, an schönen Augustnachmittagen und garstigen Januarmorgen. Sie liebte das Licht am Meer, sehnte sich

nach dem Strand, wenn sie sich in der Stadt aufhielt. Selbst jetzt, auf einem Hotelbett in London, gab es diesen Teil in ihr: das Meer, den Regen, die Wellen, die sich verändernden Farben, die Sonne, die die Wolken durchbrach, Familien, die Bingo spielten, Jugendliche, die sich im Sand küssten.
Seit langem drängte ihr Mann sie, aus diesen Bildern ein Buch zu machen. Sie sagte, die Verlagsleute wirkten interessiert.
Sehr schön, sagte er.
Ich vermisse euch schon, sagte sie.
Nachdem sie aufgelegt hatte, zog sie die Schuhe aus und begann zu weinen.
Obwohl sie wusste, dass die Entscheidung vor langer Zeit gefallen war, fühlte es sich so an, als hätte sie gerade den Kurs für die kommenden Jahre abgesteckt. Diese Person würde sie ihr restliches Leben lang sein, mit all den damit zusammenhängenden Pflichten, im Alltag, in den Nächten, in der Unruhe, vor der sie nicht länger fliehen konnte.
Sie hatte sich vor fünfzehn Jahren in Paris von Russell Holt getrennt. Sie hatte es ihm an einem Nachmittag gesagt, als sie über den Friedhof von Montparnasse gingen. Es schneite, und Russell wollte Jean Sebergs Grab sehen. Du siehst aus wie Jean Seberg, sagte er ständig. Auf dem Friedhof hatte sie ihn unterbrochen und ihm gesagt, sie verlasse ihn. Du willst durch das Leben gehen, ohne dich zu binden, hatte sie gesagt. Er hatte sie angeschaut, als verstünde er sie nicht. Ich kann nicht so leben wie du, hatte sie gesagt, du bist immer in Bewegung, du lebst nachts, du lebst irgendwo zwischen Mitternacht und Reno.
Zuerst war er wütend gewesen, dann hatte er gesagt, sie sei zu stark für ihn, sie habe einen schlechten Orientierungs-

sinn, aber ansonsten sei sie zu stark. Er hatte gesagt, es sei ihm nicht möglich, das Leben, das er führe, aufzugeben. Ich weiß, es klingt pathetisch, hatte er gesagt, aber der Jazz ist meine Geschichte, wie er es für meine Eltern war, und für ihre Eltern, ich habe ihn im Blut, wie etwas, das ich nicht ablegen kann, verstehst du?

Vor dem Friedhof hatte er geweint und sie gebeten, bei ihm zu bleiben, aber sie hatten verschiedene Taxis genommen. Sie hatte auf dem Rücksitz gesessen und gedacht, dass sie nie mehr eine solche Liebe erleben wolle, diese Verwüstungen im Körper, diese Schlaflosigkeit, die Auflösung, das passierte einem nur einmal im Leben, sie hatte ihn geliebt, wie sie es nicht für möglich gehalten hatte. Als eine letzte Ironie waren die beiden Taxis an der Seine nebeneinander zum Stehen gekommen. Sie standen vor einer roten Ampel, und sie sah Russell hinter der Scheibe, die mit einer dünnen Schneeschicht bedeckt war. Er sah zu ihr herüber, ohne sich zu rühren. Dann bekamen die Taxis grünes Licht, und nachdem sie ein Stück parallel zum Fluss gefahren waren, trennten sie sich und fuhren weiter durch Paris zu ihrer jeweiligen Adresse.

Sie war rastlos und ging ins Badezimmer, um sich umzuziehen. Sie ärgerte sich darüber, dass sie diese Suite bekommen hatte. Die zusätzlichen Quadratmeter gaben ihr das Gefühl, im Zimmer bleiben zu müssen, aber was konnte sie in einer Suite machen, was man in einem normalen Zimmer nicht konnte? Außerdem hatte sie jetzt mehrere leere Stunden vor sich, Stunden, die sie mit Russell hatte verbringen wollen. Die Rastlosigkeit trieb sie zur Rezeption.

In der Bar zur Straße bestellte sie sich ein Glas Wein. Eine

Gruppe junger Frauen in Brautkleidern rannte hin und her, sie wurden fotografiert, tranken an der Theke, lachten und umarmten sich gegenseitig. Sie hielt sie für Freundinnen, die am selben Tag geheiratet hatten, bis ihr klar wurde, dass diese Mädchen keineswegs frisch verheiratet waren. Es waren Models, und sie hatten im Hotel vermutlich eine Brautshow gegeben. Sie merkte, dass das Brautkleid eine Verpflichtung signalisierte, die diese Mädchen nicht ernst nahmen.

Ihr Handy klingelte.

Sie war sicher, dass es Russell war. Endlich rief er an, zum ersten Mal rief er an, aber diesmal würde sie nicht rangehen.

Sie sah auf dem Display, dass es James McGregor war.

Er wirkte überrascht, als er ihre Stimme hörte. Er sagte, er habe auf der Anrufliste seines Mobiltelefons eine unbekannte Nummer entdeckt. Sie erklärte ihm, dass sie mit seinem Handy ihr eigenes angerufen habe, um seine Nummer herauszufinden. Die unbekannte Nummer war ihre eigene.

Wie geht es Ihnen?, fragte er.

Gut.

Es klingt nicht danach.

Es stimmt aber. Es geht mir gut.

Kann ich etwas für Sie tun?

Ja, das können Sie.

Ja?

Sie können mich zum Essen einladen.

Das tue ich gern.

Das Restaurant befand sich gleich neben dem Hotel. Vor dem Fenster floss die Themse. Mittlerweile war es dunkel geworden, sie sah draußen nur noch Fragmente dieser Stadt, Lichter und Fassaden, Bäume, die von unten angestrahlt wurden, mit Blättern, die verwelken würden.
Beim Essen erzählten sie sich gegenseitig von ihrem Leben. Er brachte sie dazu, von ihrem Mann, den Kindern und Russell Holt zu erzählen. Sie merkte, wie gut es tat, mit jemandem zu sprechen, anstatt allein im Hotelzimmer zu sitzen. Sie erzählte auch von der Suite, dass jemand seine Suite abbestellt hatte und dass es absolut unerträglich war, in einer Suite zu logieren.
Das ist mir noch nie aufgefallen, sagte er. Ich liebe Suiten.
Er sei Biologe, erzählte er, wisse alles über Pflanzengenetik, aber nichts über das Herz. Sie lachte über seinen trockenen englischen Humor. Sie war jetzt ruhiger, ein friedliches Gefühl hatte ihren Körper erfasst und sich überall verteilt.
Ich muss Ihnen etwas gestehen, sagte James McGregor, nachdem sie in einen Pub weiter unten in der Straße umgezogen waren.
Ja?
Ich habe vorhin gelogen.
Er unterbrach sich selbst.
Wobei – gelogen … Ich habe nur die halbe Wahrheit gesagt.
Er sagte, er habe heute nicht den Menschen besucht, den er liebte, er sei auf einem Begräbnis gewesen.
Oh, das tut mir leid, sagte sie. Wie traurig. Was ist passiert?
Meinen Sie heute oder die ganze Geschichte?
Alles.
Ich weiß nicht, es ist eigentlich keine richtige Geschichte.

Man glaubt nicht, dass so etwas passiert, aber irgendwann merkt man, dass man den falschen Menschen liebt.
Er hielt inne und lächelte, sah weg.
Man denkt, es könnte einem nie passieren, aber es passiert.
Wie war sie?
Er sah sie an.
Es war keine Frau, es war ein Mann.
Oh, Verzeihung.
Kein Problem. Es war ein Mann, und es war der falsche.
War er verheiratet?
Ja, er war verheiratet. Wir hatten verabredet zusammenzukommen, sobald er fünfzig wurde. Dann wären seine Kinder erwachsen und ausgezogen. Ich musste bloß die paar Jahre warten, ich sollte warten, bis er fünfzig war.
Und das haben Sie getan?
Ja.
Und dann starb er. Wie viele Jahre hätten Sie noch warten müssen?
Es ist jetzt sechs Jahre her.
Oh? Er hat Sie also betrogen?
Was heißt betrogen? Wie sollte ich ihm einen Vorwurf machen? Überlegen Sie mal, was er alles verloren hätte, seine Familie, seine Kinder, seinen Freundeskreis, sein Haus, er hätte alles verloren, was er gewonnen hatte. Ich saß heute in der Kirche und sah alle, die ihn geliebt hatten. Mir wurde klar, dass ich nicht das Monopol auf ihn hatte, dass ich nicht der Einzige war, der ihn lieben durfte.
McGregor hob das Glas, um ihr zuzuprosten.
Auf das Herz!, sagte er. Diesen kräftigen Muskel!
Er habe Peter auf einer Konferenz hier in London kennengelernt, erzählte er, und beide hatten sogleich gewusst,

was Sache war. Sie hatten sich danach in Pubs getroffen, mal hier, mal da zusammen zu Abend gegessen, ein paar Drinks eingenommen, in immer neuen Lokalen, damit man sie nicht erkannte. Sie hatten noch nicht miteinander geschlafen, als sie verabredet hatten, sich in Paris zu treffen.

Ich erinnere mich eigentlich am besten an den Tag vor Peters Ankunft, sagte McGregor. Ich weiß noch, dass ich alle Details in einem Heft notiert habe, alles, was ich sah und tat. Ich stellte mir vor, dass die ganze Stadt, alle Straßen und Avenuen, alle Gebäude, die Metro und die Kneipen, dass alles so angelegt war, damit wir zwei uns trafen. Dass unser Treffen in Zimmer 209 im Hôtel de Seine das Ziel von ganz Paris war.

Er lachte und sah auf die Uhr.

Darf ich Sie um einen Gefallen bitten?, fragte er.

Ja?, sagte sie.

Ich habe zu viel Cognac getrunken. Er ist mir direkt in den Kopf gestiegen. Darf ich bei Ihnen übernachten?

Selbstverständlich, sagte sie. Schließlich habe ich eine Suite.

Sie tranken ihre Gläser leer und gingen über die Straße zum Hotel. Der Portier mit dem französischen Akzent stand immer noch hinter der Theke. Er grüßte und wünschte ihnen eine gute Nacht. Im Fahrstuhl, wo sie auf ein älteres amerikanisches Ehepaar trafen, begann sie zu kichern.

Oben knipste sie das Licht an und gab eine Runde Whisky aus.

Ich hatte auch einmal eine solche Suite, sagte McGregor, aber ich bin mit der Fernbedienung nicht zurechtgekommen. Sie konnte alles Mögliche. Als ich den Fernseher ein-

schalten wollte, fiel ein Zusatzbett aus der Wand, und als ich das Bett wieder zurückdrücken wollte, kam jemand und brachte mir das Frühstück.
Sie ging zum Fenster. In einem der Bürogebäude konnte sie drei Personen sehen, die sich miteinander unterhielten, es sah aus, als würden sie sich streiten. Der eine ruderte mit den Armen und wirkte wütend. Die Zimmer hingen in der Luft wie leuchtende Hangars.
Sie drehte sich um und fragte McGregor: Was ist wohl aus denen geworden, die diese Suite gebucht hatten?
Aus wem?
Den Leuten, die diese Suite in letzter Sekunde abbestellt haben, was sie jetzt wohl machen?
Sie bereuen es. Sie bereuen es, wie sie noch nie im Leben etwas bereut haben.
Was sind das für Leute?
Vielleicht noch zwei, die nach dem Glück suchen.
Sie ging ins Bad und machte sich fertig. Sie hatte befürchtet, es könnte peinlich werden, einen fremden Mann im Zimmer zu haben, aber sie war vor allem froh darüber, dass James McGregor hier bei ihr war.
Nachdem sie sich schlafen gelegt hatten, fragte er: Haben Sie etwas dagegen, wenn ich im Bett noch eine Letzte rauche?
Solange es nicht zur Gewohnheit wird, mein Lieber.
Versprochen.
Er lag im Dunkeln und rauchte. Die Zigarette brannte langsam herunter. Sie fragte, ob er noch mehr Zigaretten habe. Sie bekam eine und zündete sie an. Sie zog kräftig daran, spürte, dass alles wieder auf dem Weg in den Ruhezustand war, das Herz würde seinen Rhythmus wiederfinden. Die

Last, die sie den ganzen Tag mit sich herumgetragen hatte, wurde von ihr genommen.
Sie fing an zu lachen.
Was ist?, fragte er.
Ach, ich musste nur daran denken, dass ich geglaubt hatte, ich würde heute Nacht mit Russell hier liegen.
Stattdessen liegen Sie hier mit einem alten Schwulen.
Sie lachten.
Nach einer Weile fragte er: Wie lange dauert es, bis man den Geruch eines Menschen vergisst, den man geliebt hat?
Keine Ahnung, sagte sie. Ich weiß es nicht.
Sie erinnerte sich an eine Nacht, in der Russell ihr das Nachthemd ausgezogen hatte, sie hatte halb geschlafen, als er von einem Konzert nach Hause kam. Er hatte geflüstert, sie rieche gut. Wonach rieche ich denn?, hatte sie gefragt. Du riechst nach einem langen heißen Sommer, hatte er geantwortet. Du riechst nach Glück und Niederlage, du riechst wie der Vogel, der im Winter zurückbleibt, wenn die anderen nach Süden fliegen. Er hatte mehrmals ihr Geschlecht geküsst und gesagt: Nein, du riechst wie das Innere eines Kontrabasskoffers. Sie hatte protestiert und gesagt, das sei nicht besonders romantisch. Er hatte sie den Bauch hinauf geküsst. Es gibt nichts Romantischeres, hatte er geflüstert. Dann riechst du nach Blues, nach nichts anderem als Blues.
Ich habe ihn so sehr geliebt, sagte James McGregor. Und jetzt ist er nicht mehr da. Auf der Beerdigung konnte ich an nichts anderes denken als an seine Augen, seinen Mund, seine Haut, seine Brustwarzen, seine Eichel, und jetzt ist alles zu Asche geworden.
Er nahm ihre Hand und legte sie auf sein Herz.

Ach, diese alten Wunden, sagte er. Wer hätte gedacht, dass alles so schrecklich wird?
So blieben sie lange liegen, nebeneinander in der Suite, sie hatten nichts mehr zu erzählen. Sie wartete darauf, dass der Schlaf kam. Die Geräusche von draußen waren weniger und leiser geworden. Sie vermutete, dass es halb drei oder drei war. Kurz bevor sie einschlief, leuchtete das Handy auf ihrem Nachttisch auf. Sie hatte es auf lautlos gestellt, und jetzt wurde in rhythmischen Abständen ein kleines Licht ins Zimmer gepumpt. Sie nahm das Handy hoch und sah, dass es Russell war. Sie ging nicht ran.
Nachdem das Blinken aufgehört hatte, leuchtete das Handy noch ein paar Sekunden weiter, schickte einen blauen Atemzug ins Zimmer, bevor das Licht abrupt ausging.
Lieben Sie ihn noch?, fragte James McGregor im Dunkeln.
Ja, antwortete sie.

Hotel am Bahndamm

Edward Hopper (1882–1967)
Hotel by a Railroad, 1952
Öl auf Leinwand, 79,4 × 101,9 cm
Hirshhorn Museum and Sculpture
Garden, Smithsonian Institution
Schenkung von der Joseph
H. Hirshhorn Foundation
Foto: Lee Stalsworth

Er stand am Fenster und rauchte. Wenn er jetzt in das Schwimmbad zurückkehrte, würde er die beiden Mädchen vielleicht noch einmal sehen. Sie waren gerade ins Becken gestiegen, als er und seine Frau es verließen. Er hatte vorgeschlagen, im Restaurant neben dem Schwimmbad noch einen Kaffee zu trinken, von dort konnte man die Badegäste sehen, aber seine Frau wollte zurück ins Hotel.
Hast du Hunger?, fragte er, ohne sich umzusehen.
Nein. Und du?
Eher nicht. Wir gehen doch heute Abend essen, oder?
Hast du an etwas Bestimmtes gedacht?
Nein, noch nicht.
Sie saß hinter ihm im Sessel und las in einem Buch. Nach ihrer Rückkehr aus dem Schwimmbad hatte sie über die Hitze geklagt und ihr Kleid ausgezogen. Es ärgerte ihn, wenn sie nur halb angezogen herumlief. Das strahlte etwas Unbekümmertes und Nachlässiges aus, als hätte sie aufgegeben, als wäre ihr alles egal.
Was möchtest du heute Abend machen?, fragte er.
Was meinst du?
Wir könnten uns was Besonderes gönnen, schließlich ist es unser letzter Abend.
Gern.
Er beschloss zurückzugehen, falls ein Zug vorbeifuhr, bevor er zu Ende geraucht hatte. Immer wenn sich ein Zug näherte, fing das Zimmer an zu beben. Das Beben wurde stärker, bis der Zug vom Fenster aus ein paar Sekunden lang zu sehen war. Dann ebbte es ab, und das Zimmer kam zur Ruhe. Er hatte versucht, an den Intervallen ein System zu erkennen, es war ihm aber nicht gelungen.
Er hatte die Züge beobachtet und festgestellt, dass sie je

nach Tageszeit einen unterschiedlichen Charakter hatten. Morgens beförderten sie einzelne Personen, Leute, die zur Arbeit oder in die Schule mussten, etwas würde beginnen, etwas würde seinen Anfang nehmen. Nachts beförderten die Züge hingegen ganze Gruppen, die Dunkelheit brachte die Menschen einander näher, die Beleuchtung im Abteil machte aus ihnen eine Gemeinschaft. Wenn er nachts am Fenster stand, schienen ihm die Erwartungen viel höher. Als wären die Leute unterwegs auf der Suche nach Frieden oder Ekstase.

Er drückte die Zigarette am Fensterrahmen aus und warf sie auf die Straße. Kein Zug war vorbeigekommen. Er drehte sich um zu seiner Frau. Sie sah lächerlich aus in ihrem Unterrock.

Ich gehe nach unten, Zigaretten holen. Möchtest du auch etwas?

Eine Cola, antwortete sie, ohne von ihrem Buch aufzusehen.

Sonst noch was?

Nein.

Er wartete in der Tür. Sie hob den Blick nicht von ihrem Buch. Er blieb länger stehen als angemessen, trotzdem schaute sie nicht auf. Er dachte, dass man aufhören konnte, die Leute anzusehen, man konnte es einfach lassen, die Leute anzuschauen, und am Ende bekam man, was man wollte.

Im Flur bereute er, dass er gesagt hatte, er gehe nur bis zum Empfang. Nun konnte er seine Jacke nicht mehr holen. Er trug eine Hose und eine Weste über dem Hemd. Es war warm, doch ohne Jacke herumzulaufen hatte etwas Provisorisches, etwas Unabgeschlossenes, das ihm nicht gefiel.

Das Hotel war seit ihrem letzten Besuch ziemlich heruntergekommen. Er hatte seine Frau gewarnt, als sie es buchen wollte, aber sie hatte darauf bestanden, im selben Hotel zu wohnen wie auf ihrer Hochzeitsreise. Damals hatten sie sich die Reise kaum leisten können, und sie hatte sich von ihren Eltern etwas Geld geliehen. Die Hotelfassade war immer noch schön, aber im Innern hatte die Zeit Spuren hinterlassen. Er stellte sich vor, dass die Fassade Zimmer verbarg, die keinen Sinn mehr hatten. Wie ein Mensch, der seinen Charakter änderte, nicht durch organisches Altern, sondern brutaler, überraschender.
Nach dem Einchecken hatte sie sich über den Standard beschwert.
Was habe ich gesagt?, hatte er entgegnet.
Alles ist so traurig hier, meinte sie.
Wir hätten etwas anderes buchen sollen, Liebling.
Unsinn.
Als er die Treppe zur Rezeption hinunterging, donnerte ein Zug vorbei. Ich habe geschummelt, dachte er, ich bin ein Schwindler. Das ganze Hotel bebte. Das Rumpeln und Zittern war ihm von seiner Hochzeitsreise vielleicht am stärksten in Erinnerung geblieben, der Schock, als zum ersten Mal ein Zug das Gebäude zum Beben brachte und das Personal ganz ruhig blieb. Und dann erinnerte er sich daran, wie sie sich geliebt hatten, die Tage waren erfüllt gewesen von Lust und Verschwendung. Sie waren aufgestanden und hatten sich angezogen, nur um sich gleich darauf wieder auszuziehen und zurück ins Bett zu gehen.
Er grüßte den dicken Typ an der Rezeption.
Mir sind die Zigaretten ausgegangen, sagte er, als müsste er erklären, warum er nach draußen ging.

Wir haben Zigaretten, rief der Dicke hinter ihm her.
Er blieb stehen und zog entschuldigend die Schultern hoch.
Ich brauche noch ein paar andere Dinge, sagte er.
Kein Problem, lächelte der Dicke. Wünsche einen schönen Spaziergang.
Draußen trat er in die Sonne. Sekundenlang kam es ihm vor, als wüsste er weder, wer er war, noch wohin er wollte. Langsam konnte er etwas erkennen, Schatten flimmerten über Gebäude und Asphalt, die Nachmittagssonne brannte geduldig. Auch Göteborg hatte sich verändert. Er konnte nicht erklären weshalb, aber die Stadt war nicht mehr dieselbe. Vielleicht ließ ihn auch nur seine Erinnerung im Stich, der zeitliche Abstand hatte einen Spalt geöffnet, den diese Tage nicht zu schließen vermochten.
So schnell er konnte, ging er zurück ins Schwimmbad. Er zählte seine Schritte, wie er es als kleiner Junge getan hatte. Es waren weniger Leute im Becken als noch vor einer halben Stunde. Trotzdem konnte er die beiden Mädchen nicht entdecken. Sie mussten das Bad verlassen haben. Er holte sich einen Kaffee und setzte sich ans Fenster, von wo aus man die Schwimmhalle überblicken konnte. Die selbstverständliche Art, mit der sich die Mädchen im Wasser bewegt hatten, hatte irgendetwas in ihm angesprochen. Die eine war kurzhaarig und trug einen hellblauen Badeanzug. Die andere hatte lange schwarze Haare und einen roten Bikini. Die Träger ihres Oberteils waren heruntergerutscht und hatten makellose Haut freigegeben.
Er nippte an seinem Kaffee und merkte, dass er enttäuscht, aber auch erleichtert darüber war, dass die Mädchen nicht mehr im Becken waren. Er gähnte. In der Nacht war er von

Geräuschen aus dem Nachbarzimmer geweckt worden. Zunächst hatte er geglaubt, es sei ein Streit, es hörte sich an, als ginge jemand auf das Inventar los. Dann hatte er begriffen, dass sie sich dort liebten. Er hatte wachgelegen und das Stöhnen der Frau gehört, hatte sich gefragt, ob der Krach auch seine Frau geweckt hatte. Sie lag mit dem Rücken zu ihm, atmete aber nicht so tief wie jemand, der schlief.
Er hätte sich zu ihr hinüberbeugen und sie küssen können, er hätte die Initiative ergreifen können, stattdessen war er reglos liegen geblieben, bis es im Nachbarzimmer wieder still geworden war. Irgendwann war er eingeschlafen. Am Morgen war er von einer Unterhaltung auf der Straße geweckt worden. Beim Frühstück hatte er sich die anderen Gäste angeschaut und sich gefragt, wer von ihnen wohl das Zimmer neben ihrem belegte. Doch zu niemandem im Frühstücksraum passten die Geräusche der letzten Nacht.

Die Mädchen kamen aus der Garderobe, als er gerade seinen Kaffee ausgetrunken und beschlossen hatte, ins Hotel zurückzugehen. Sie sahen jetzt anders aus, angezogen und mit getrockneten Haaren. Die Blonde trug ein beiges Sommerkleid, die Dunkelhaarige Jeans und T-Shirt. Er zögerte einen Augenblick, dann stand er auf und folgte ihnen.
Göteborg war ihm plötzlich dicht auf den Fersen. Mit Autos und Baggern schnappte die Stadt nach ihm. Eine Straßenbahn schlingerte vorbei. Sein Kopf schrumpfte und die Konturen schienen sich aufzulösen. Er hatte keine Ahnung, was er tun sollte. Aber er empfand die Mädchen als ein Geschenk, als etwas, worauf er aufpassen und das er so sorgsam wie möglich behandeln müsste.

Ein Gefühl der Ruhe überkam ihn, als er den Bürgersteig entlangging. Fünfzig, sechzig Meter hinter den Mädchen tauchte er auf und verschwand, tauchte auf und verschwand. Es war, als würde die Sonne seine Atmung öffnen, als fiele sein Herzschlag mit dem Rhythmus seiner Schritte zusammen. Er folgte dem ersten Impuls und dachte nicht über Alternativen nach.

Er überquerte die Straße und sah die Mädchen im Freizeitpark Liseberg verschwinden. Er kaufte sich eine Eintrittskarte und folgte ihnen. Anfang der Woche war er mit seiner Frau hierhergekommen. Es war um die Mittagszeit gewesen, und die Sonne hatte den Ort gnadenlos bloßgelegt.

Im Park setzten sich die Mädchen in eins der Gartencafés. Er ließ sich am Nachbartisch nieder, betrachtete sie beim Eisessen und überlegte, welche ihm besser gefiel. Im Schwimmbad hatte er zu wenig Zeit gehabt, um sich eine Meinung zu bilden. Spontan hätte er sich für die Dunkelhaarige entschieden, aber jetzt fiel ihm auf, dass die Blonde etwas Ruhiges und Abgeklärtes ausstrahlte.

Die Mädchen unterhielten sich lautstark über Jungs, als wollten sie die anderen Gästen beeindrucken. Sie redeten wie Erwachsene, mussten zwischendurch aber ständig kichern und lachen. Er versuchte zu verstehen, was sie sagten, um vielleicht ihre Namen aufzuschnappen oder zu erfahren, ob sie hier in der Stadt wohnten. Er überlegte, wie alt sie wohl waren, und kam zu dem Schluss, dass es besser war, es nicht zu wissen.

Plötzlich sah ihm die Dunkelhaarige direkt in die Augen. Ihr Blick war fordernd und einladend, als wäre ihr bewusst, welche Macht sie über ihn hatte. Dann sah sie weg und schleckte weiter an ihrem Eis. Er saß da und hatte aufge-

hört zu denken. Sein Kopf konnte keinen klaren Gedanken mehr fassen. Er spürte nur noch ein schwaches Ziehen.
Drei Jungen blieben am Tisch der Mädchen stehen, verschwanden aber zum Glück rasch wieder. Die Mädchen tranken Cola und spielten mit ihren Handys. Kurze Zeit später zogen sie weiter zur Achterbahn. Er ging hinterher und studierte ihre Bewegungen, zuerst in der Schlange vor der Kasse, dann im Wagen hoch über der Erde. Er hörte sie schreien, als sie in den roten Wägelchen nach unten sausten.
Während die Mädchen andere Attraktionen ausprobierten, setzte er sich auf eine Bank im Schatten und beobachtete sie mit zusammengekniffenen Augen. Er fragte sich, ob ihnen aufgefallen war, dass er ihnen folgte. Viele Mädchen mochten es, auch wenn sie gar nichts davon wussten. Er hatte erkannt, dass es so etwas wie einseitige Freude nicht gab, es musste beiden Seiten gefallen. Zum Beispiel hatten seine Frau und er auf ihrer Urlaubsreise vor zwei Jahren miteinander geschlafen, und sie hatte gesagt, er sei toll. Danach hatte er ernsthaft überlegt, ob er ihr klarmachen sollte, dass es das allerletzte Mal war, dass sie Sex hatten.
Er versuchte sich zu erinnern, ob sie danach überhaupt noch einmal miteinander geschlafen hatten, aber er wusste es nicht mehr. Diese Woche hatte er seine Frau nicht angerührt, obwohl ein Hotelzimmer zu intimen Handlungen geradezu aufforderte. In einem Artikel hatte er gelesen, wie viel Geschlechtsverkehr es durchschnittlich pro Tag in einem Hotel gab. Jemand hatte auch ausgerechnet, wie viele Kinder im Lauf eines Jahres in einem normalen Hotelzimmer gezeugt wurden. Er konnte sich nicht an die genauen

Zahlen erinnern, war aber überrascht gewesen, als er sie gelesen hatte.
In der Straßenbahn Richtung Zentrum stand er drei, vier Meter hinter den Mädchen. Die Dunkelhaarige lächelte ihm in regelmäßigen Abständen keck zu. Sie war vielleicht wirklich der Typ, der gern verfolgt wurde, war eine von denen, die Gefallen daran fanden, dass er da war, dass sie Macht über ihn hatten. Im Fenster sah er Spiegelbilder von sich selbst. Ein Gesicht, das kam und ging. Er fragte sich, was das Mädchen sah, wenn sie ihn anschaute. Wer war er? Was machte er hier? Er selbst sah einen Mann ohne Anzugsjacke. Er sah einen Kopf fast ohne Haare, eine Stirn mit Falten, einen Schnurrbart mit grauen Einsprengseln.
Als sie am Götaplatsen ausstiegen, legten die Mädchen die Arme umeinander und lachten. Die Hand der Blonden blieb auf dem Po der Dunkelhaarigen liegen, als sie den Bürgersteig entlanggingen. Dann tastete sie sich weiter nach unten, als wären sie ein Paar. Sie lachten wieder und kicherten. Es war ein Spiel, eine intime Geste in der Öffentlichkeit.
Er, der hinter den beiden herging, war der Einzige, der es gesehen hatte. Er blieb in der Sonne stehen und spürte, wie dankbar er war. Was er gesehen hatte, würde nicht noch einmal geschehen, würde sich nicht wiederholen. Er war der einzige Zeuge einer nahezu perfekten Handlung.

Er folgte ihnen durch die Straßen, hinein in Läden und wieder hinaus, hinein in ein Café, hinaus auf die Kungsgatan, wo sie zwei weitere Freundinnen trafen. Die ganze Zeit über hielt er gebührenden Abstand, wartete gespannt auf weitere intime Handlungen. Er war mit seiner Ent-

scheidung zufrieden. Er hatte ein Händchen für die richtigen Mädchen, verstand es, diejenigen zu finden, die für solche Situationen empfänglich waren.
In einem Kleidergeschäft in der Fredsgatan verschwanden die Mädchen in derselben Umkleidekabine. Sie zogen sich aus, probierten verschiedene Tops an und begutachteten sich gemeinsam vor dem Spiegel. Die Dunkelhaarige sah zu ihm herüber. Als er sich jedoch perfekt in Stellung bringen wollte, wurde er von einer aufdringlichen Verkäuferin gestört.
Kann ich Ihnen behilflich sein?, hörte er eine Stimme hinter sich.
Er drehte sich um.
Nein, danke, ich schaue nur.
Er glaubte, die Verkäuferin mit dieser Antwort abgeschüttelt zu haben, aber die dicke Frau hängte sich an ihn. Das lag wohl daran, dass er hier deplatziert wirkte. Er war der einzige männliche Kunde im Laden.
Suchen Sie nach Wäsche für Ihre Frau?, insistierte die Verkäuferin.
Ja, etwas für die Frau.
Wir haben diesen Herbst viele schöne Sachen reinbekommen. Wenn Sie mal mitkommen wollen?
Die dicke Verkäuferin führte ihn weg von den beiden Mädchen und deren Umkleide.
Was hat Ihre Frau für Maße?, fragte sie. Ist sie eher der sportliche oder der feminine Typ?
Die Frau redete, ohne Luft zu holen, und zeigte ihm Unterwäsche, obwohl es ihm nicht gelang, einen interessierten Eindruck zu machen. Schließlich bedankte er sich und sagte, er müsse noch einmal darüber nachdenken. Er müsse

noch ein wenig darüber nachdenken. Er müsse noch etwas länger darüber nachdenken.

Vor dem Laden wartete er auf die Mädchen. Mehrere Frauen gingen an ihm vorbei. Er betrachtete sie mit der Melancholie, die ihn immer überkam, wenn er in der Stadt hübsche Frauen sah: Sieh sie dir an, wie hübsch sie ist, sie ist so hübsch, und ich werde sie nie wiedersehen. Bei den beiden Mädchen war er sich indessen sicher. Er hatte eine gute Wahl getroffen.

Zehn Minuten später traten sie mit ihren Einkaufstüten auf die Straße. Sie umarmten sich, blieben noch eine Weile stehen und unterhielten sich, bevor sie sich voneinander verabschiedeten. Die Dunkelhaarige ging die Fredsgatan hinunter. Die Blonde schien über die Straße zum Kanal zu wollen.

Auf diese Situation war er nicht vorbereitet. Er hatte die beiden die ganze Zeit als Einheit betrachtet, nicht als zwei Individuen, die sich plötzlich trennen könnten. Er musste sich schnell entscheiden, bevor er beide verlor.

Er entschied sich für die Blonde.

Schon war sie kurz davor, aus seinem Blickfeld zu verschwinden, aber er rannte die Straße hinunter und holte sie kurz vor dem Kanal wieder ein. Sie überquerte den Gustaf Adolfs Torg und ging weiter über die Östra Hamngatan. Er überlegte, ob er die falsche Entscheidung getroffen hatte. Vielleicht war die Dunkelhaarige die Hübschere, aber die Blonde war stehen geblieben und hatte auf Grün gewartet, so dass es alles in allem leichter war, ihr zu folgen.

Sie gingen durch Straßen, in die die Sonne jetzt nicht mehr vordrang. Bald würde die Dämmerung einsetzen. Das Mädchen strahlte jetzt, wo sie allein war, etwas Wehmütiges, etwas Verletzliches aus, das sie nicht gehabt hatte, als sie mit der Freundin zusammen war. Sie bewegte sich so, als trüge sie ein Geheimnis mit sich herum. Nachdem er sich erst einmal daran gewöhnt hatte, gefiel ihm die Wendung, die die Dinge genommen hatten. Er hatte eine aktive Entscheidung getroffen. Hatte sich für die Blonde entschieden. An einer Ampel kam er ihr so nahe, dass er die Sommersprossen auf ihren Armen erkennen konnte. Er sah sie im Profil und fand sie perfekt. Er hatte definitiv die richtige Entscheidung getroffen. Einen Augenblick lang drehte sie sich um und sah ihn an. An ihrem Blick erkannte er, dass sie um ihn wusste, sie wusste, was hier vor sich ging. Er merkte, wie sein Herz schneller schlug. Jetzt gab es nur noch sie und ihn.

Was für ein schöner Abend, sagte er.

Ja, das stimmt, sagte sie und nickte.

Sie gingen weiter zum Drottningtorget, und er war fast glücklich. So könnte er den ganzen Abend weitergehen, die ganze Nacht, den ganzen nächsten Tag, er würde mit ihr bis ans Ende der Welt gehen.

Am Hauptbahnhof verlor er sie aus den Augen. Beim Haupteingang geriet eine Gruppe Touristen zwischen sie. Die Touristen hatten unzählige Koffer dabei, die sie in den Bahnhof bugsieren wollten, und er musste sich wirklich beherrschen, um sie nicht wüst zu beschimpfen. Er machte kehrt und ging durch eine andere Tür. Als er endlich in den Bahnhof gelangte, war das Mädchen nicht mehr zu sehen. Er suchte sie am Fahrkartenschalter, im Café, im Kiosk und auf den Bahnsteigen.

Sie war weg.

Sie war perfekt, und er hatte sie verloren. Sie war die

Schönste, die er je gesehen hatte, und jetzt war sie weg. Ein Gefühl von Verrat flammte in ihm auf. Es fühlte sich an, als hätte der Tag ihn verraten. Er hatte in diesen Tag investiert und nichts zurückbekommen.

Er holte sich ein Bier und setzte sich in die Kneipe in der Wartehalle. Jeder Tag bestand aus einer Reihe mehr oder weniger schwerwiegender Niederlagen. Er wusste, dass sich das Glück eines Tages auch ihm zuwenden würde. Eines Tages würde er einer Person folgen, die das Spiel genauso gut kannte wie er, einem Mädchen, das nach einer Weile stehen bleiben und ihn anschauen würde: Sie verfolgen mich, stimmt's?

Und dann würde sie sagen, dass er mit zu ihr nach Hause kommen könne.

Er merkte, wie hungrig er war. Es war halb zehn, und er hatte seit dem Mittagessen nichts mehr zu sich genommen, nur dagesessen und zugesehen, wie die Mädchen aßen. Er betrachtete die Schlagzeile von *Aftonbladet* am Zeitungskiosk: *Nackt, verwegen und wild*. Er überlegte, was er seiner Frau sagen sollte, wenn er ins Hotel zurückkam. Es gab nichts zu sagen.

Das Leben eines Mannes ist ein Geheimnis, dachte er, so einfach ist das. Das konnte er zu ihr sagen. Das würde er sagen. Wo warst du?, würde sie fragen. Das Leben eines Mannes ist ein Geheimnis, würde er antworten.

Er verschwand, um zu pinkeln. Es war eins dieser Klos, bei denen man einen Fünfer einwerfen musste, um reinzukommen. Solche Klobesuche versuchte er zu vermeiden. Als Zehnjähriger war er einmal mit seiner Mutter in der Stadt gewesen, und bevor sie mit dem Zug nach Hause fuhren, ging er im Bahnhof auf die Herrentoilette, während sie

draußen wartete. Als er fertig war, konnte er die Tür nicht mehr öffnen.
Noch heute flammte mitunter diese Panik in ihm auf, die Furcht vor versperrten Türen, die Angst vor allem, was verschlossen war, die Angst, nicht mehr rauszukommen. Er hatte geklopft und getreten, aber es hatte nichts genützt. Schließlich stieg er auf die Kloschüssel und kletterte über die Tür. Dabei sah er in die anderen Kabinen. An dieses Bild erinnerte er sich noch heute, all die erwachsenen Männer in einer Reihe, die Hosen an den Knien.

In der Halle fand er eine Telefonzelle und rief die Auskunft an. Er bekam die Nummer des Hotels, wählte und ließ sich zu Zimmer 207 durchstellen. Der Portier bat ihn, einen Moment zu warten. Er schaute sich an, was die Leute an die Wände der Telefonzelle geschrieben hatten. Jemand hatte mit blauem Filzstift an die Wand gekritzelt: *Håkan 4Ever* und *Mein süßes kleines Äffchen*.
Ja?, sagte sie am anderen Ende.
Ich bin's.
Hallo?
Ich bin's.
Einen Moment, bitte.
Sie verschwand. Er hörte, dass sie den Fernseher leiser stellte. Dann war sie wieder am Apparat.
Was ist passiert?, fragte sie.
Nichts.
Du wolltest zur Rezeption, um Zigaretten zu holen. Das ist jetzt sieben Stunden her.
Sie hatten nicht die Marke, die ich wollte.
Die Marke gibt es überall.

Er hörte sie atmen. Sagte nichts. Sah sie vor sich, wie sie immer noch denselben Unterrock trug, den sie angehabt hatte, als er ging.
Weißt du was?, fragte sie. Ich ertrage das nicht mehr.
Was das?
Das hier.
Was willst du damit sagen?
Mehr will ich nicht wissen.
Was meinst du mit mehr?
Mehr will ich nicht wissen, verstehst du? Ich habe versucht, dir zu helfen.
Du kannst mir nicht helfen.
Ich weiß nicht, was ich noch tun soll.
Es gibt nichts mehr zu tun.
Er merkte, wie sich dieses Gespräch zu einem der Telefonate entwickelte, an die er sich später erinnern würde, eine Art Fluch, eine Katastrophe, alles wurde verkürzt und in Sätze gepresst, die er nicht vergessen würde.
Verlässt du mich?, fragte sie.
Ich weiß es nicht, sagte er.
Du kommst nicht zurück, oder? Der Gedanke kam mir, als du ohne Jacke losgegangen bist. Hättest du die Jacke angezogen, wärst du wieder nach oben gekommen.
Warum?
Das wärst nämlich du gewesen. Hättest du die Jacke angezogen, wärst du es gewesen. So war es ein anderer, der zur Tür hinausging.
Es wurde still. Er wartete, glaubte einen vorbeifahrenden Zug zu hören, aber er wusste nicht, ob die Geräusche aus dem Hörer kamen oder vom Bahnhof, in dem er stand.
 Er sah sie wieder vor sich. Ihr Gesicht, ihren Mund, ihre

Schultern, ihre Brüste, ihre Beine. All das, was jetzt außerhalb seiner Reichweite lag.
Was ist mit uns passiert?, fragte er.
Ich weiß es nicht.
Doch, du weißt es.
Eigentlich ist nichts passiert.
Nicht?
Nein, es passiert nicht immer was. Nicht immer gehen Dinge kaputt oder brechen entzwei.
Warum?
Vielleicht hat sich nur etwas aufgelöst und ist zu etwas anderem geworden, wie die verschiedenen Jahreszeiten. Verstehst du, was ich meine?
Ja.
Kommst du zurück?
Er antwortete nicht gleich, schluckte. In der Leitung wurde es still.
Wartest du auf mich?, fragte er.
Ich bin hier im Hotelzimmer, sagte sie.
Er legte auf.
Anschließend kaufte er sich Zigaretten und setzte sich auf eine Bank. Er würde die Zigarette zu Ende rauchen und dann zurück ins Hotel gehen. Morgen würden sie nach Hause fahren. Alles wäre wieder wie früher. Er stand auf und spürte einen weißen Riss im Kopf. Setzte sich wieder hin. Er würde noch einen kleinen Moment sitzen bleiben und dann zurückkehren.
Er entdeckte das blonde Mädchen in einer Schlange am Kiosk. Sie hatte sich eine Cola geholt. Er hatte sie verloren, und jetzt war sie wieder da. Sie war zurück. Auf wundersame Weise bekam er eine neue Chance. Seine Augen füll-

ten sich mit Tränen, als er aufstand und ihr die Treppe hinunter zu den Gleisen folgte.

Das Mädchen verschwand in einem der Züge.

Er wartete ein paar Sekunden, dann stieg er ein. Drei Reihen hinter ihr fand er einen freien Platz. Er wusste nicht, ob er eine Fahrkarte brauchte oder ob er sie direkt beim Schaffner kaufen konnte. Vielleicht würde das Mädchen auch aussteigen, bevor ein Schaffner auftauchte. Er würde es drauf ankommen lassen, jetzt konnte er jedenfalls nicht mehr aussteigen und sich um eine Fahrkarte kümmern.

Draußen war es fast dunkel, eine Dunkelheit, wie es sie im Spätsommer gab, wenn die warmen Tage in einem sanften, schwarzen Stöhnen endeten. Es war die Zeit des Tages, wenn Eltern ihre Kinder ins Bett gebracht hatten, die Fernseher liefen, sich die Leute ein Glas Wein einschenkten oder in der Zeitung blätterten. Er wünschte sich hinein in die leuchtenden, schwebenden Zimmer auf der anderen Seite des Zugfensters. Dort wäre er jetzt gern, würde gern ganz alltägliche Dinge verrichten.

Wie der Vertreter, den er am ersten Abend im Hotel gesehen hatte, einen Mann in einem der Nachbarzimmer, der Brautkleider auspackte. Er hatte am Fenster gestanden und zugesehen, wie der Vertreter ein Kleid nach dem anderen herausholte. Der Vertreter hatte die Kleider auf dem Boden und auf dem Bett verteilt, hatte sie aufgehängt und auseinandergefaltet, es war, als hätte es im Zimmer geschneit. Der Anblick hatte ihn zu Tränen gerührt.

Mit einem leisen Ruck setzte sich der Zug in Bewegung, und er merkte, dass es losging. Jetzt war es zu spät. Das Mädchen weiter vorne las in einer Zeitschrift. Er betrachtete sie genau und stellte fest, dass er alles an ihr mochte.

Sie hatte nicht gemerkt, dass er zurück war. Im Waggon war es still, er hörte nur die leisen Geräusche, die Menschen von sich geben, wenn sie Gesicht an Gesicht, Rücken an Rücken zusammengepfercht sind.

Er sah auf seine Hände. In der Rechten hielt er immer noch die Zigarettenschachtel, die Linke lag reglos auf der Anzugshose. Es war seltsam, seine Hände sahen jung aus, fand er, als gehörten sie einem anderen, einem jüngeren Mann. Das war ein weiteres Geheimnis, dachte er, dass er so junge Hände hatte.

Der Zug hatte jetzt Fahrt aufgenommen.

Er wusste nicht genau, in welche Richtung er fuhr, glaubte aber, dass sie sich bald der Gegend näherten, in der ihr Hotel lag. Er lehnte sich ans Fenster, schirmte die Augen ab, um besser sehen zu können. Er sah Autos, Straßenlaternen, leuchtende Fenster. Sie ließen alles in raschem Tempo hinter sich. Als sie am Hotel vorbeifuhren, ging es so schnell, dass er nicht sehen konnte, ob in ihrem Zimmer jemand am Fenster stand. Es spielte auch keine Rolle. Seine Frau würde auch so das Beben des leuchtenden Zugs spüren, der in der Dunkelheit vorbeidonnerte.

Sonne in einem Café

Edward Hopper (1882–1967)
Sunlight in a Cafeteria, 1958
Öl auf Leinwand, 102,1 × 152,7 cm
Yale University Art Gallery
Testamentarisch vermacht von
Stephen Carlton Clark, B. A. 1903

Er wiederholte die Frage zweimal, bis ihm klar wurde, dass die Frau am Nebentisch kein Englisch sprach. Dann hielt er ihr die Zigarette zwischen Zeigefinger und Mittelfinger hin und hob fragend die andere Hand. Die Frau schüttelte den Kopf. Er stand auf und ging zur Theke, wo er die Bedienung um Feuer bat. Auch hier erntete er als Antwort einen leeren Blick. Und hielt die Zigarette auf dieselbe Weise in die Luft.

Die Bedienung sagte etwas auf Portugiesisch und verschwand im Hinterzimmer. Sie blieb lange weg, und er spürte, wie Ärger in ihm aufstieg. Er drehte sich um und sah die Frau am Nebentisch an. Ihm gefiel die Art, wie sie dasaß, ihre Haltung, das Sonnenlicht, das schräg auf sie fiel. Es war idiotisch, aber er dachte nur: Sie darf nicht weggehen. Er wollte, dass sie sitzen blieb.

Endlich bekam er ein Feuerzeug und ging zurück zu seinem Tisch. Die Frau in dem blauen Kleid betrachtete ihre Hände. Sie waren lang und schlank. Die Frau verharrte in einer abwartenden Haltung, als wollte sie, dass er die Initiative ergriff. Er wusste nicht, was er tun oder sagen sollte. Wie spät ist es?, war alles, was er auf Portugiesisch konnte. Ihr Profil gefällt mir, sagte er auf Englisch.

Sie sah ihn offen an. Sie strahlte eine Ruhe aus, die er mochte. Sie saßen noch keine zehn Minuten hier, zwei Fremde, die bisher kein Wort miteinander gewechselt hatten, trotzdem hatte er Lust, sie zu berühren. Das überraschte ihn. Normalerweise war er eher zurückhaltend, jemand, der lange beobachtete, bevor er handelte.

Er sagte: Ich würde Sie gern lächeln sehen.

Er sagte: Ich möchte Ihren Herzschlag hören.

Er sagte: Ich würde Sie gern heiraten.

Sie wandte sich ab und sah aus dem Fenster. Zwei Männer in Anzügen gingen auf dem Bürgersteig vorbei. Der kleinere gestikulierte mit den Armen, der größere nickte, dann verschwanden sie aus ihrem Blickfeld. Die Frau sah wieder zu ihm herüber, ihr Gesichtsausdruck hatte sich verändert. Ihm wurde klar, dass er sich blamiert hatte. Er hatte seine Chance vertan. Sie saß in der Sonne, er im Schatten, so würden sie sitzen bleiben, bis einer von ihnen aufstand und ging. In dieser melancholischen Stimmung verharrte er, bis er zu Ende geraucht hatte.

Schauen Sie!, sagte sie plötzlich und zeigte auf die Straße.

Er stand auf und stellte sich ans Fenster. Die Luft war erfüllt von weißen, nahezu durchsichtigen Flocken, die vom Himmel herabfielen. Es sah aus wie Schnee, ihm wurde aber rasch klar, dass es sich um Asche handelte. Der Wind trug die Asche des Waldbrands in die Stadt.

Wie schön es aussieht, sagte sie auf Englisch.

Auch auf der Straße waren die Leute stehen geblieben und sahen zum Himmel.

Sprechen Sie Englisch?, fragte er.

Sie nickte und sah wieder auf ihre Hände. Er setzte sich an ihren Tisch.

Ich wusste nicht, dass Sie mich verstehen, sagte er. Tut mir leid.

Sie sah auf.

Wenn Sie es gewusst hätten, was hätten Sie dann gesagt?

Er dachte nach. Dann hätte ich gesagt, ich würde Sie gern lächeln sehen.

Sie lächelte.

Ich habe es gewusst, sagte er. Dass es schön ist, Sie lächeln zu sehen.

Was hätten Sie sonst noch gesagt?
Dass ich Sie gern heiraten würde.
Sie lachte.
Ist das Ihr Mittagessen?, fragte er.
Ja, ich arbeite in einem Fotogeschäft, und an ruhigen Tagen komme ich hierher, um einen Kaffee zu trinken.
Sie sah ihn an.
Sind Sie Rechtsanwalt?, fragte sie.
Wie meinen Sie das?
Sie wissen schon, Rechtsanwalt.
Nein, ich bin kein Rechtsanwalt.
Das sei einer der Gründe, warum sie das Lokal hier mochte, erklärte sie. Es lag gleich neben dem Gericht, und viele Rechtsanwälte hatten hier ihre Besprechungen, bevor sie zu einer Verhandlung mussten, manchmal brachten sie auch Mandanten mit. Auch Leute, die heiraten oder eine Erbschaft regeln wollten, kamen hierher. Sie saßen plaudernd am Tisch, bevor sie ins Gericht gingen und über die großen Fragen des Lebens entschieden.
Sie fragte, was er sei, wenn er kein Anwalt war.
Ich bin Ghostwriter, sagte er.
Ghostwriter?
Ja, einer, der für andere Leute Bücher schreibt.
Ein Gespenst also?
Ja.
Und wessen Gespenst sind Sie zurzeit?
Zurzeit bin ich ein Fußballspieler.
Das sei der Grund für seinen Aufenthalt in Lissabon, erzählte er. Er sammle Hintergrundinformationen für das Buch über den englischen Fußballspieler. Er hätte das Manuskript vor zwei Wochen abliefern sollen.

Ist er gut?, fragte die Frau.
Ja, er ist sehr gut.
Wie heißt er? Vielleicht kenne ich ihn.
Er nannte den Namen des Spielers. Sie schüttelte den Kopf, hatte noch nie von ihm gehört.
Warum schreiben Sie über ihn?
Ein Verlag wollte, dass ich über ihn schreibe. Außerdem ist er ein interessanter Mann. Als er hier bei der EM spielte, verließ er mitten im Spiel das Feld und verschwand. Vielleicht erinnern Sie sich? Ich bin hierhergekommen, um herauszufinden, was genau vorgefallen ist.
Und was ist vorgefallen?
Tja, nach ein paar Monaten tauchte er wieder auf. Jetzt spielt er wieder voll, für eine andere Mannschaft. Aber keiner weiß, wo er war und warum er verschwand.
Auch Sie nicht?
Auch ich nicht.
Und was glauben Sie?
Ich habe ihn danach gefragt, aber er will über diesen Tag nicht reden. Er sagt nur, dass er glaubt, alle Menschen hätten in ihrem Leben einen Schicksalstag, einen Tag, an dem alles auf dem Spiel steht, an dem man über das restliche Leben entscheidet.
Und dieser Tag war sein Schicksalstag?
Ja.
Glauben Sie an einen solchen Schicksalstag?
Nein.
Das liegt daran, dass Sie ein Gespenst sind.
Er drückte die Zigarette aus und sah aus dem Fenster auf die Flocken, die im Sonnenlicht herabfielen. Eigentlich wollte er heute früh nach Hause fliegen, aber der Wald-

brand war wieder aufgeflammt, und der Flughafen war wegen der Rauchwolke geschlossen. Ohne weiter darüber nachzudenken oder auf eine Klärung zu warten, hatte er ein Taxi genommen und war in die Stadt zurückgefahren. Er hatte eine Fahrkarte für den Abendzug nach Paris gelöst, hatte keine Lust gehabt, stundenlang auf dem Flughafen zu warten.

Es heißt, es sei ein Pyromane, sagte sie und nickte zur Straße.

Wer sagt das?

Im Radio sagen sie es, einer oder mehrere sollen das Feuer gelegt haben, weil es an verschiedenen Orten gleichzeitig zu brennen begann. Der Waldbrand im letzten Jahr wurde von einem Feuerwehrmann gelegt, der nicht befördert worden war und sich an seinem Chef rächen wollte.

Sie hob die Kaffeetasse, stellte sie aber wieder auf die Untertasse zurück, ohne getrunken zu haben.

Wie heißen Sie?, fragte er.

Ich sollte meinen Namen nicht sagen.

Doch, doch. Ich bin seriös.

Paula.

Sind Sie verheiratet, Paula?

Sie lachte. Er wusste nicht genau, warum er das fragte. So etwas tat er normalerweise nicht. Das hier war nicht er, es war ein anderer Mann, der in Lissabon saß und diese Worte von sich gab.

Sie sind sehr direkt, sagte sie und nahm seine Hand.

Sie hielt sie mit beiden Händen und drückte sie. Dann beugte sie sich vor und strich ihm mit den Fingern über die Wange. Sie sah ihm in die Augen, während sie ihm über den Nacken, den Hals und den Mund strich. Er spürte eine

Wärme, die sich von den Stellen her ausbreitete, die sie berührte.

Er wusste nicht, was er sagen oder tun sollte.

Ohne ein weiteres Wort stand sie auf und ging.

Er blieb einen Augenblick sitzen, überrascht über die unerwarteten Liebkosungen und den raschen Rückzug. Er starrte ihr hinterher. Sie war schon auf der Straße und ging, ohne stehen zu bleiben, nach links. Er beschloss, ihr zu folgen. Als er zur Tür kam, rief die Bedienung ihm etwas zu. Ihm fiel ein, dass er noch nicht bezahlt hatte.

Er machte kehrt und ging verärgert zurück. Die Bedienung sagte etwas, was er nicht verstand. Sie gestikulierte und zeigte ihm zwei Finger. Er begriff, dass sie der Meinung war, er solle für sie beide bezahlen. Er kramte das Geld hervor und eilte hinaus.

Als er auf den Bürgersteig kam, konnte er die Frau im blauen Kleid nicht mehr entdecken. Er rannte hinunter zur nächsten Kreuzung, aber sie war weg. Eine harte Nachmittagssonne fiel zwischen die Gebäude und blendete ihn. Es hatte aufgehört, Asche zu schneien. Er blieb stehen und spürte, wie sein Herz nach dem kurzen Spurt pochte. Amateur, dachte er. Verfluchter Amateur.

Was war passiert? Er kannte diese Frau seit gerade mal zwanzig Minuten und hatte das Gefühl, sie hätte ihn soeben verlassen. Sie hätte ihn verlassen, und er würde sie nie mehr wiedersehen.

Er ging durch die sonnenblinden Straßen. Hatte keine Ahnung, wo er suchen sollte. Das Geschäft musste sich irgendwo hier in der Baixa befinden, da sie gern in das Café beim Gericht ging. Er fand Friseure, Optiker und Reise-

büros. Kam an Schuhgeschäften und Süßwarenläden vorbei. Kein Fotogeschäft.
Fotoladen?, fragte er die Leute auf der Straße.
Sie verstanden ihn nicht und zuckten mit den Schultern.
Er formte mit den Fingern ein Quadrat, hielt es vors Gesicht und klickte mit dem rechten Zeigefinger. Die Leute starrten ihn an, dachten vermutlich, er wollte, dass sie ein Foto von ihm machten. In der Rua Augusta stieß er auf einen Händler, der Englisch sprach.
Die Leute sind heute sehr besorgt, sagte der Mann. Der Waldbrand.
Er fragte den Händler, ob er ein Fotogeschäft kenne.
Ich habe auch Kameras, wollen Sie eine kaufen?
Der Händler öffnete die Tasche, die er vor dem Bauch trug. Viel billiger als im Laden, bessere Qualität.
Er kehrte dem Händler den Rücken zu. Der Typ folgte ihm. Wie wäre es mit Haschisch?, rief er. Oder stärkeren Sachen?
Er tauchte wieder ein in das Straßengewirr, irrte planlos durch die Gegend. In der Rua do Arsenal stieß er endlich auf ein Fotogeschäft. Er trat ein und fragte einen kleinen Kerl mit schwarzem Anzug und Schnurrbart, ob hier eine Frau namens Paula arbeite. Der Mann schüttelte den Kopf. No Paula. Want camera?
Er setzte sich in ein Straßencafé oben beim Stadtaufzug, einem kuriosen Eisenturm mit Blick über das Zentrum. Er bestellte sich einen Kuchen, trank einen Kaffee und rauchte. Autos surrten durch den Verkehrskreisel, Leute tauchten auf und verschwanden in anderen Straßen, alles geschah in dem melancholischen Tempo, das die normale Geschwindigkeit dieser Stadt war.

Eine Art Missmut überkam ihn. Was wäre, wenn er sie finden würde? Was wäre, wenn er Paula hinter der Theke des Fotoladens finden würde, was würde er dann tun? Er musste ohnehin nach Hause, um sein Manuskript abzuschließen. Er hatte den Verlag davon überzeugt, dass diese letzte Reise nach Lissabon notwendig war. Insgeheim wusste er, dass sie nur dazu diente, Zeit zu gewinnen.

Was dachten die Leute, wenn sie ihn sahen? Der Mann mit dem Koffer, der den Platz überquerte, die Frau, die einen Mops trug, was sahen sie? Eine tragische Figur, einen gescheiterten Mann, der allein mit Kaffeetasse und Zigarette dasaß? Vielleicht. Doch, bestimmt, und sie hatten recht. Er hatte den Halt verloren. Darum ging es.

In den letzten Jahren hatte er erkannt, dass er keiner dieser Männer war, die der Welt ihren Stempel aufdrückten. Er hatte Artikel geschrieben, für Zeitungen, Rockmagazine, Fanzines, Illustrierte. Er hatte Bücher über Musik, Fußball, Mode geschrieben. Er hatte über alles Mögliche geschrieben, er hatte über nichts geschrieben. Er hatte sein Talent weggeworfen. Vielleicht hatte er nicht einmal Talent gehabt.

Der Kellner kam, um zu kassieren. Er nickte Richtung Norden, wo der Rauch herkam.

Sie haben Leute aus den Dörfern evakuiert, sagte der Kellner.

Dann haben sie also die Kontrolle verloren?

Nein, bisher stand der Wind einfach günstig, sagte der Kellner. Aber jetzt haben sie das Militär und Freiwillige einberufen. Das ist kein gutes Zeichen.

Es war fast sechs. Vor seinen Augen funkelte und glühte es. Er verschwand in Straßen, die weiß, leer und heiß waren.

Die Baixa war quadratisch angelegt, mit geraden Straßen, es fühlte sich an, als liefe er planlos durch ein Labyrinth. Nach einer halben Stunde stellte er fest, dass er wieder in der Straße mit dem Café war. Langsam schlenderte er zu dem Lokal und blieb draußen stehen. Paula saß am selben Tisch, hatte einen Kaffee vor sich.

Er trat ein, sah, dass sich das Licht im Café verändert hatte, dass es in den wenigen Stunden, die vergangen waren, fahler geworden war. Er setzte sich an den Nachbartisch, wie er es heute schon einmal getan hatte. Paula hatte dieselbe abwartende Haltung.

Er holte eine Zigarette heraus.

Haben Sie Feuer?, fragte er.

Endlich lächelte sie und schüttelte den Kopf.

Er stand auf und ging zur Theke. Dort war eine andere Bedienung, eine mit schweren Lidern. Das Feuerzeug lag noch auf der Theke.

Er setzte sich zu Paula an den Tisch.

Warum sind Sie verschwunden?, fragte er.

Sie gab zunächst keine Antwort.

Ich habe mich geschämt, sagte sie.

Sie haben sich geschämt?

Ja, ich habe mich geschämt. So schnell passiert mir das sonst nicht.

Was denn?

Ich mochte Sie zu sehr.

Mochte?

Mag. Ich mag Sie zu sehr.

Sie lächelte. Er merkte, dass er sich mehr zurückhielt als am Morgen. Plötzlich kam es ihm vor, als hätte er etwas zu verlieren. Er sah auf die Uhr. In einer Stunde ging sein Zug.

Sind Sie fertig mit Arbeiten?, fragte er.
Ja.
Bringen Sie mich zum Zug?
Sie zahlten und gingen zum Bahnhof von Alfama. In den schmalen Gassen begegneten sie Kellnern, Hunden, alten Menschen, einer Frau mit einem Schirm zum Schutz vor der Sonne. Sie kamen an jungen Männern in Anzügen vorbei. An Werbeplakaten. Düsteren Toreinfahrten. Aufblitzendem Autolack. Zitronengelbe Straßenbahnen rumpelten vorbei. Automotoren. Heißer Asphalt. Die Welt war uralt, die Welt war funkelnagelneu.
Unterwegs erzählte sie von ihrer Familie, ihrer Arbeit, ihrer kleinen Schwester, die als Kind gestorben war. Ihr Vater kam aus Kanada, aber sie hatte ihr Leben lang in Lissabon gewohnt. Sie hatte vorgehabt wegzugehen, kam aber nicht los. Er hatte Lust, ihre Hand zu nehmen, fürchtete jedoch, dass sie wieder verschwand.
Im Bahnhofsgebäude holte er seinen Koffer aus einem der Schließfächer.
Sie sind sehr eigen, sagte er, als sie auf dem Bahnsteig standen.
Nein, ich bin ganz normal, sagte sie.
Das glaube ich nicht.
Doch, ich bin eine ganz normale Frau.
Ich liebe ganz normale Frauen.
Sie sah ihn an und lachte.
Und was bin *ich* dann?, fragte er.
Sie?
Ja, wenn Sie ganz normal sind, was bin ich dann?
Wie soll ich das wissen?
Das müssen Sie wissen.

Ich habe keine Meinung über Sie, noch nicht.
Noch nicht?
Sie sah weg.
Kommen Sie zurück?
Nach Lissabon?
Ja.
Irgendwann schon.
Er stieg ein, ohne dass sie noch etwas sagten oder sich berührten. Im Abteil angekommen, hielt er Ausschau nach ihr. Sie war schon verschwunden. Das Gefühl, etwas verloren zu haben, kehrte zurück. Er war erleichtert gewesen, sie wiedergefunden zu haben. Jetzt hatte er sie zum zweiten Mal verloren. Sie war für ihn unersetzlich geworden.
Er sah Liebespaare, die sich zum Abschied küssten. Er setzte sich und schloss die Augen. Normalerweise musste er eine Frau besser kennen, bevor sie in seiner Phantasie auftauchte, aber jetzt zeigte sich eine Reihe von Bildern auf seiner Netzhaut. Paula, die sich vor ihm auszog, die auf ihm saß, er, der auf ihr lag, der ihre Brüste küsste, ihre Beine, ihr Geschlecht. Sie, die ihn im Sonnenlicht umschlang.

Eins hatte die Arbeit an dem Buch ihn gelehrt: Wenn man aus seinem Leben verschwinden wollte, musste man es lässig tun, als würde man einen Spaziergang machen. Man musste es einfach tun, nichts ankündigen, niemandem Bescheid sagen, einfach die Jacke anziehen und gehen.
Eine Minute vor Abfahrt des Zuges stand er auf und ging durch den Mittelgang hinaus auf den Bahnsteig. Dort blieb er ein paar Sekunden lang stehen, bevor er in die Wartehalle ging, vorbei an allen Reisenden, vorbei am Zeitungskiosk und den Blumenhändlern. Draußen schien der Rauch

jetzt dichter zu sein, er konnte die Abendsonne nur als weißliche Scheibe hinter einer Rauchwolke erkennen.
Er kaufte sich Zigaretten und eine Apfelsine, die er aß, während er in die Baixa zurückging. Er wusste jetzt, wohin er wollte, hatte das quadratische Straßennetz deutlich vor Augen und lenkte seine Schritte direkt zu ihrem Café.
Sie saß auf ihrem Platz am Fenster.
Er trat ein und setzte sich zu ihr an den Tisch.
Ich war sicher, Sie würden zurückkommen, sagte sie.
Waren Sie das? Ich nicht.
Wo ist Ihr Koffer?
Im Zug.
Als er ins Abteil gekommen war, hatte er seine Sachen auf die Hutablage gelegt. Jetzt lag sein Koffer allein und herrenlos im Zug. Seine schmutzigen Hemden, sein Laptop, seine Brieftasche und sein Manuskript waren auf dem Weg nach Norden, nach Paris.
Heute ist also Ihr Schicksalstag?, fragte sie.
Ja, der 27. August.
Aber Sie glauben doch nicht an solche Sachen?
Nein. Und jetzt sitze ich hier.
Sie sah ihn an. Wie heißen Sie?
Jim, log er.
Er wusste, dass es keine Rolle spielte, wie er hieß, er war jetzt ein anderer.
Was sollen wir an Ihrem Schicksalstag machen, Jim?
Ich habe keine Pläne.
Wollen Sie sich den Waldbrand anschauen?
Gern, wenn es ihn noch gibt.
Die Leute sagen, ein Waldbrand ist fast nicht aufzuhalten.
 Ja?

Ja, er frisst sich immer weiter, bis keine Bäume mehr da sind.
Sie zahlten, gingen auf die Straße und hielten ein Taxi an. Paula unterhielt sich auf Portugiesisch mit dem Fahrer, einem älteren Mann mit grauen Haaren und Hornbrille.
Er sagt, er kann uns nach Odivelas fahren, sagte sie. Kann sein, dass wir nicht so weit kommen, es sind jede Menge Leute unterwegs, um sich den Brand anzuschauen.
Der Fahrer redete weiter, und Paula übersetzte. Er sagte, ein Waldbrand stärke das Gemeinschaftsgefühl, das sei das Positive daran, aber jetzt war das Feuer wohl wieder neu aufgeflammt. Die Feuerwehrleute hatten sich eilig in Sicherheit gebracht, hatten ihre Geräte, die sie im Wald aufgestellt hatten, zurückgelassen.
Draußen begann es zu dämmern. Er kurbelte das Fenster herunter.
Ist es okay, wenn ich rauche?, fragte er.
Paula nickte. Er zündete sich eine Zigarette an.
Ich weiß nicht, warum ich diese Dinger rauche.
Ihnen gefällt vielleicht, wie Sie damit aussehen?
Und wie sehe ich damit aus?
Wie ein Intellektueller.
Wie ein Trottel also?
Sie bat darum, einmal ziehen zu dürfen. Ihre Finger berührten sich, als er ihr die Zigarette gab. Es tat fast weh, neben ihr zu sitzen. Sie war so nah, und er würde sie gern berühren, ihm war, als hätte er schon seit Monaten Lust auf sie.
Oben bei Odivelas wurden sie von der Polizei auf die Seite gewinkt. Auch andere Autos waren von der Hauptstraße

abgebogen und hierhergefahren. Jetzt stiegen die Leute mit Ferngläsern, Kameras und Taschenlampen aus.
Der Fahrer behauptet, man könne riechen, welche Baumsorte brennt, sagte sie.
Und welche Baumsorte ist es?, fragte er und sog die Luft ein.
Sie sprach mit dem Fahrer, aber keiner von ihnen kannte das englische Wort für diesen Baum.
Sie kletterten auf eine kleine Erhebung in der Nähe. Ein Hubschrauber flog über die Bäume und ließ eine Wolke aus Wasser ab. Im Tal darunter lag dichter Rauch, aber am Berg sahen sie mehrere rote Gürtel. Flammen schossen durch die Bäume, als bliese der Wald Licht in die Luft.
Am Himmel näherte sich ein Schwarm Vögel, sie flogen nach Süden, weg von dem Feuer. Aus dieser Entfernung brannte der Wald mit einer stillen Glut, als wären hier draußen neue Häuser entstanden, riesige Siedlungen, die man gerade ans Stromnetz angeschlossen hatte.
Was bringt die Leute dazu, Feuer zu legen?, fragte sie.
Vielleicht, dass es so schön aussieht, antwortete er.
Sie glauben nicht, dass es passiert ist, damit ich mit Ihnen zusammen sein kann?

Auf dem Rückweg ins Zentrum stellte der Fahrer das Radio an. Eine Sendung lief, bei der die Hörer anrufen konnten, die Leute redeten schnell und unverständlich. Im Zentrum bat er den Fahrer, nicht anzuhalten. Er wollte die Fahrt noch ein wenig genießen. Keiner sagte ein Wort.
Es war enttäuschend einfach, aus seinem eigenen Leben herauszuspazieren. Er hatte es verlassen, war ohne nachzudenken und ohne Reue verschwunden, einfach aus seinem

Leben verschwunden. War es wirklich so leicht? Was sagte das über ihn aus? Was sagte es über das Leben aus, das er führte?

Er sah nach draußen. Sie fuhren an Häusern mit erleuchteten Fenstern vorbei. Er fühlte sich wie ein Mann, den es nicht gab, wie ein Mann, der durch eine Stadt fuhr, die es nicht gab. Er wünschte, er könnte in die Häuser hineingehen, in die Toreinfahrten, die Treppen hinauf, durch Türen, hinter die erleuchteten Fenster. Dort wollte er mit ihr zusammen sein, in einem ganz normalen Haus, wollte jemand sein, der in einem solchen Zimmer lebte.

Sie beugte sich vor und sagte etwas zu dem Fahrer. Dieser nickte.

Sie fuhren hinauf nach Bairra Alto. Der Fahrer hielt in einer schmalen Seitenstraße.

Hier wohne ich, sagte sie. Sie können mit reinkommen, wenn Sie wollen.

Sie zahlte, und er folgte ihr, sagte nichts. Sein Leben wiederholte sich von selbst, dachte er, er fühlte sich jetzt unverwundbar, er fragte sich, wie lange das Gefühl wohl anhielt.

Die Wohnung nahm er nicht richtig wahr, sah bloß Gegenstände und Schatten, zwischen denen sie sich bewegten. Er dachte nur noch: Jetzt bin ich drinnen, jetzt bin ich hier.

Völlig grundlos fing sie an zu lachen.

Was ist?, fragte er.

Nichts, mir fiel nur gerade was ein.

Was denn?

Sie erzählte von einem Paar, das sie im Café erlebt hatte. Die beiden wollten im Gericht heiraten. Sie trug ein weißes Kleid, er einen schwarzen Anzug. Sie hatten sich in Gebärdensprache unterhalten. Mit einfachen Bewegungen in der Luft hatten sie sich gesagt, dass sie sich liebten. Es sah so schön aus, dass sie es sich von ihnen beibringen ließ.

Zeigen Sie es mir, sagte er.

Hm, ich weiß nur noch, wie schön es war.

Versuchen Sie es.

Sie bewegte die Hände langsam durch die Luft.

Er konnte sich nicht länger beherrschen und küsste sie. Sie hatten sich seit ihrer ersten Begegnung im Café nicht mehr berührt. Sie erwiderte seinen Kuss.

Abrupt ließ sie ihn los und sah zu ihm auf.

Sie verschwinden doch nicht wie dieser Fußballspieler?

Ich bin schon verschwunden. Es gibt mich nicht.

Doch, es gibt Sie.

Sie nahm seine Hand und führte ihn ins Schlafzimmer. Drehte sich um und drückte sich an ihn. Er hob ihre Haare hoch, legte ihren Nacken frei und küsste ihn. Schob die Träger ihres blauen Kleids nach unten und küsste ihre Schultern. Atmete ihren besonderen Duft ein, ihren spezifischen Duft. Er legte die Hand auf ihre Rippen, streichelte ihre Beine, erforschte ihre Größe und Form.

Ihre Finger bewegten sich über seine Haut, ihre Zunge suchte sich einen Weg, als wollte sie seine Topographie kartieren. Er zitterte unter ihren Küssen. Wusste kaum, was er tat. Er war für die Welt verloren oder gefunden, er wusste es nicht. Als er in sie eindrang, sah sie ihm direkt in die Augen und hielt seinem Blick stand.

Anschließend lagen sie eng umschlungen im Bett. Sie schaltete das Radio ein, um zu hören, ob es etwas Neues über den Waldbrand gab. Es wurde gemeldet, dass der Brand einen Mann das Leben gekostet habe. Es war das erste Todesopfer, das die Flammen gefordert hatten. Der Flughafen war wieder geöffnet, aber das Feuer breitete sich jetzt in drei verschiedene Richtungen aus, außerdem hatte es auch weiter im Norden angefangen zu brennen. Er rauchte und fragte sich, ob er sie irgendwann verletzen würde, wie er andere Frauen verletzt hatte, fragte sich, ob er sie verlassen würde, wie er andere verlassen hatte, die ihn zur Hölle wünschten.

Ich will dich nicht noch einmal verlieren, sagte er.

Das wird nicht passieren, sagte sie.

Nicht?

Nein, alles, was ich dir bieten kann, ist ewige Liebe.

Er hielt sie im Arm und fing an zu weinen, schämte sich nicht. Er weinte, und sie streichelte ihn, bis er einschlief. Dann schlief auch sie ein, die Arme um ihn gelegt. Sie schliefen, wie man schläft, wenn man sich liebt, eng umschlungen, ohne zu wissen, wo der eine anfängt und der andere aufhört.

In der Nacht wurde er vom Regen geweckt. Die ersten Tropfen trafen das Fenster. Erst einer, dann noch einer, dann fielen sie dichter, wurden zu einem Schauer. Der Regen fiel in die stille Straße, fiel auf die stillen Autos, die draußen parkten, fiel auf die Menschen, die in den stillen Häusern wohnten. Ein früher, kühler Regen, der auf ganz Portugal fiel.

Haus in der Abenddämmerung

Edward Hopper (1882–1967)
House at Dusk, 1935
Öl auf Leinwand, 92,1 × 127 cm
Virginia Museum of Fine Arts,
Richmond
The John Barton Payne Fund
Foto: Ron Jennings © Virginia
Museum of Fine Arts

Von dieser Seite der Straße aus wirkte das Haus wie ein hell erleuchtetes Schiff, das in der Dämmerung vorbeifuhr. In einem der Fenster sah ich den Kopf und einen Teil des Oberkörpers meiner Frau. Sie trug die hellblaue Bluse, die mir sehr gefiel. Es kam mir vor, als unterhielte sie sich mit einem anderen Menschen im Zimmer, der vom linken Vorhang verdeckt wurde.
Ich war überrascht, wie schwierig es war, in das Haus hineinzuschauen. Sogar jetzt, wo die Fenster hell erleuchtet waren, konnte ich nur mit Mühe Fernseher, Tischlampen und Leute erkennen, die mit dem Rücken zu mir saßen. Es kam vor, dass ich bei mir in der Wohnung stand und hierhersah, und dann bildete ich mir ein, dass man von hier aus alles sehen konnte, was ich tat, während ich die Bewegungen der anderen nur teilweise erkennen konnte.
Ich nahm das Handy aus der Jackentasche. Heute Morgen hatte ich meine Frau angerufen, um ihr zu sagen, dass ich einen Tag früher zurückkäme, daraufhin hatte sie gestresst gewirkt, als würde sie das Gespräch am liebsten so schnell wie möglich beenden. Ich hatte es nicht über mich gebracht, ihr zu sagen, dass ich schon heute Abend käme. Schließlich hatte ich gefragt, ob etwas nicht stimme. Sie hatte, ohne zu antworten, aufgelegt.
Ich wählte die Festnetznummer. Im Handy war ein Rauschen zu hören. Ein paar Sekunden später sah ich, wie meine Frau vom Sessel aufstand und aus meinem Blickfeld verschwand.
Hallo, hier ist Ingrid, hörte ich sie sagen.
Ich wartete einen Moment, bevor ich antwortete. Ihre Stimme hatte denselben gereizten Klang wie heute Morgen. Es war eine Stimme, die ich kaum erkannte.

Ich sagte: Hallo, ich bin's nur.
Wo bist du?
Ich zögerte eine Sekunde.
Im Hotel, sagte ich.
Es wurde still.
Was machst du gerade?, fragte ich.
Nichts Besonderes, antwortete sie. Ich habe geputzt und abgewaschen. Alles soll schön sein, wenn du nach Hause kommst, verstehst du?
Ich sagte nichts, wusste nicht, ob sie es ironisch meinte.
Wie ist das Wetter daheim?
Ein herrlicher Abend. Du solltest hier sein, Liebster.
Hast du Pläne für heute Abend?
Nein, keine Pläne. Warum fragst du?
Nur so.
Es wurde wieder still. Ein Hund bellte weiter unten im Treppenhaus.
Ingrid sagte: Wolltest du was Bestimmtes, Schatz?
Nein, nichts. Ich wollte nur deine Stimme hören.
Und jetzt hörst du sie.
Ja, jetzt höre ich sie.
War sonst noch was?
Nein.
Wann kommst du morgen?
Ich glaube, der Flieger landet so gegen acht in Bergen.
Eine neue Pause entstand. Ich hatte den Eindruck, sie zündete sich eine Zigarette an. Nach den Geräuschen im Handy zu urteilen, nahm sie einen tiefen Zug.
Was hast du an?, fragte ich.
Was ich anhabe?
 Ja, was du anhast.

Was soll das, Edvard?
Ich will dich nur vor mir sehen.
Sie seufzte: Ich habe den schwarzen Rock mit den weißen Punkten an und darüber die hellblaue Bluse mit den kurzen Ärmeln, die ich mir in Dublin gekauft habe.
Ist das alles?, fragte ich.
Das ist alles.
Sie wartete einen Moment, dann seufzte sie wieder: Und außerdem einen schwarzen BH und ein schwarzes Höschen.
Ich sagte nichts.
Bist du jetzt zufrieden?, fragte sie.
Ich denke schon.
Du denkst schon?
Ich wollte dich nur vor mir sehen.
Und das tust du jetzt?
Ja, das tue ich jetzt.
Es entstand noch einmal eine Pause. Mir wurde klar, dass dieser Anruf keine gute Idee war, es war möglicherweise die schlechteste Idee, die ich seit langem hatte. Ich überlegte, ob ich sagen sollte, dass ich auf der anderen Straßenseite stand. Wie würde sie reagieren, wenn ich die Wahrheit sagte?
Und du, hast du Pläne für heute Abend?, fragte Ingrid.
Nichts Besonderes. Ich bleibe einfach im Hotel, denke ich. Ich bin zu müde, um was anderes zu machen.
Wir warteten beide.
Rauchst du?, fragte ich.
Ja, antwortete sie.
Ich dachte, du hättest damit aufgehört.
Ich habe wieder angefangen.

Ich sagte nichts mehr. Wartete nur. Mir kam der Gedanke, es wäre besser gewesen, sie hätte gelogen, ich hätte sie bei einer Lüge ertappt, dann wären wir zwei vom selben Schlag gewesen.

Edvard, was soll dieses Gespräch?

Wir sind verheiratet, Ingrid.

Sie war einen Augenblick still, dann lachte sie.

Das weiß ich, Edvard. Ich weiß, an welchem Tag wir geheiratet haben, und ich weiß, was ich bei meiner Hochzeit getragen habe, ich erinnere mich an jedes Wort deiner Hochzeitsrede, na und?

Wir sind verheiratet, Ingrid, wiederholte ich und legte auf.

Ich hatte nicht vorgehabt, das Gespräch so zu beenden wie sie heute Morgen, aber es freute mich, dass ich mich gerächt hatte. Ich blieb stehen. Ingrid erschien am Fenster und setzte sich wieder auf den roten Sessel. Sie hatte sich eine weitere Zigarette angezündet und saß reglos da. Ich konnte nach wie vor keinen anderen Menschen sehen.

Es war erschütternd, hier zu stehen und in die eigene Wohnung zu schauen.

Ich wusste genau, wie das Treppenhaus aussah, welche Farbe die Tür im vierten Stock hatte, welche Sessel dahinter standen, wie es sich darin saß, nach welchem System die Bücher im Regal sortiert waren, welchen Blick man aus dem Fenster hatte, wie das Aquarium im Halbdunkel aussah, mit den Fischen, die darin schwammen.

Ich wurde von dem Wunsch überwältigt, dort zu sein, zusammen mit ihr. Vielleicht war es das Gefühl, draußen zu stehen, vielleicht waren es all die bekannten Umrisse, die ich aus der Entfernung sah. Ich würde am liebsten die

Treppe hinuntergehen, die Straße überqueren und hinauf zu ihr, würde mich neben sie legen und sie im Arm halten, zusammen mit ihr in diesen Zimmern sein, würde die Zimmer wieder lebendig machen.

Ich wollte gerade umkehren und nach unten gehen, als ich sah, wie Ingrid sich aus dem Sessel erhob und ans Fenster stellte. Sie sah nach draußen, es kam mir vor, als würde sie mich direkt anschauen. Mich durchfuhr der Gedanke, dass sie mich gesehen hatte, ich war entlarvt, ich musste mir eine Erklärung ausdenken. Dann lehnte sie sich aus dem offenen Fenster und sah auf die Straße. Ich tat es ihr nach, um herauszufinden, was ihre Aufmerksamkeit erregt haben mochte.

Alles, was ich sah, war ein Liebespaar, das unter einer Straßenlaterne vorbei zum Nygårdsparken ging. Ingrid verschwand wieder aus meinem Blickfeld. Ich wartete. Aus einer der Wohnungen im Haus hörte ich leises Kinderweinen. Durch ein Rohr rauschte Wasser. Ein Fernseher lief, eine eifrige Stimme kommentierte einen 100-Meter-Lauf.

Bei uns wurde das Licht gelöscht. Eine Minute später trat Ingrid aus der Haustür. Sie war allein und blieb einen Augenblick auf der Treppe stehen, als hätte sie oben in der Wohnung etwas vergessen. Eine dunkle Jacke lag lose über ihren Schultern. Sie ging den Bürgersteig entlang und dann nach rechts Richtung Zentrum.

Ich überlegte, ob ich ihr folgen sollte, ob ich die Treppe hinunterrennen, mich an ihre Fersen heften und herausfinden sollte, wohin sie ging. Ich ließ es bleiben. Sie wäre bestimmt schon um die Ecke und in der nächsten Straße verschwunden, bevor ich unten war. Außerdem konnte ich den Koffer nicht mitnehmen. Ich folgte ihr mit Blicken, bis ich sie nicht länger sah.

Von der Straße her war leise der Verkehr zu hören. Ich wusste nicht, was ich hier tat, in einem Treppenhaus auf der falschen Seite der Straße. Als ich mit dem Taxi vom Flughafen hierhergefahren war, hatte ich mich darauf gefreut, nach Hause zu kommen. Ich hatte das Haus in Møhlenpris mit diesem Gefühl angeschaut, das man nach einer Reise hat – die Straße ist einem fremd und vertraut zugleich. Ich hatte die Haustür aufgeschlossen, war die Treppe in den vierten Stock hinaufgestiegen, hatte dann kehrtgemacht und war wieder nach unten gegangen.

Die Sonne war hinter Askøy ins Meer gepurzelt. Vom Tag war nur noch ein rötlicher Schimmer über den Dächern übrig. Es war die Zeit des Tages, an der die Stadt die Luft anhielt, an der alles zur Ruhe kam, bevor die Nachtschwärmer ausgingen und die Lautstärke wieder aufgedreht wurde. Ich ging die Treppe hinauf in den vierten Stock und läutete an meiner eigenen Tür. Ich wartete einen Moment, dann schloss ich auf.

Alles war unverändert. Ich atmete vertraute Gerüche in vertrauten Zimmern ein, dennoch fühlte es sich an, als hätten die Zimmer im Lauf der Tage, die ich auf Reisen war, ihren Charakter geändert. Die Möbel sahen aus, als wären sie noch nie benutzt worden. Die Küche war kalt und dunkel. Die Bilder an der Wand hatten keine Bedeutung mehr. Nur die Fische im Aquarium sorgten für etwas Leben.

Ich machte kein Licht und lief planlos durch die Wohnung. Im Schlafzimmer roch ich an der Bettwäsche und an Ingrids Kleidern, die über einem Stuhl neben dem Spiegel hingen. Ich legte mich aufs Bett. Dachte daran, dass wir versucht hatten, diese Zimmer zu unserem trauten Heim zu machen, was uns nicht gelungen war. Eine Kluft war sichtbar geworden, wie die Kluft, die entsteht, wenn ein Boot vom Kai ablegt. Eine Weile ist alles noch ganz nah und deutlich, man kann sehen, was an Bord ist, man kann die Schiffsseite berühren, man kann immer noch an Bord springen oder an Land. Doch plötzlich ist es zu spät, das Boot hat abgelegt.

Ich stand auf und begann zu suchen. Frenetisch suchte ich in Nachttischschubladen, unter dem Bett, im Garderobenschrank. Im letzten halben Jahr hatte ich überall in der Wohnung handschriftliche Notizen gefunden. Die erste lag eines Morgens im März im Badezimmer. Ich hatte sie nicht gelesen, weil ich dachte, sie beträfe Ingrids Arbeit. Aber der Zettel lag am nächsten Tag noch am selben Platz, und daraufhin las ich ihn und war überzeugt, sie hätte einen Fehler gemacht, hätte den Entwurf eines heimlichen Liebesbriefs herumliegen lassen.

Ich hatte überlegt, ob es wirklich ihre Handschrift war, und hatte sie mit der Schrift auf einer Ansichtskarte aus London verglichen, die am Kühlschrank hing. Mir war aufgefallen, dass ich unsicher wurde, obwohl wir seit sieben Jahren verheiratet waren und ich glaubte, alles über sie zu wissen. Am Abend hatte ich vorgehabt, sie mit den Notizen zu konfrontieren. Ich wollte die ganze Geschichte hören.

Bevor es dazu kam, fand ich einen neuen Zettel. Er lag auf dem Telefontisch. Auch dieser sah aus wie der Entwurf eines Liebesbriefs. In dem Moment ging mir auf, dass sie mich möglicherweise provozieren wollte. Sie wollte, dass

ich die Zettel las, deshalb hatte sie sie offen liegen lassen. Sie wollte mich eifersüchtig machen oder vielleicht eine Affäre beichten.
In den darauffolgenden Wochen hatte ich weitere Zettel gefunden. Ingrid schrieb freimütig über Träume und Gefühle, über Lust und über ihre Sehnsucht nach dem Mann, den sie statt meiner gern in ihrem Leben hätte. Ich hatte sie nicht darauf angesprochen. Sie sollte mich nicht so leicht aus dem Gleichgewicht bringen. Es war nicht einmal sicher, dass es einen anderen gab. Möglicherweise hatte sie die Zettel geschrieben, damit ich etwas tat.
Jetzt suchte ich nach weiteren Spuren, nach einem Ausweg. Ich sah in Regalen und Holzkästchen nach, in Fotoalben und Taschen. Ich fühlte mich wie ein interner Detektiv, wie einer, der in einem Fall nach einem Muster fahndet. Vielleicht fand ich etwas Wichtiges, wenn ich die Dinge durchging, die uns gehörten. Wenn ich nur tief genug in all die Schichten unseres Zusammenlebens vordrang, würde ich auf das stoßen, was wirklich zählte.
Ich hatte fast schon aufgegeben, als ich unter der Zeitung auf dem Küchentisch einen Zettel fand. Ich hatte mir ein Glas Eiswasser aus dem Kühlschrank geholt und wollte eine Pause machen. Da lag der Zettel. Ich knipste eine Lampe an und setzte mich, um ihn zu lesen. Ihre Handschrift war nicht sehr leserlich, als hätte sie schnell und im Affekt geschrieben, aber wenn ich mir Zeit ließ, würde ich entziffern können, was da stand.

Liebster,
in manchen Nächten träume ich, dass das Zimmer voll Wasser ist, das Wasser ist einen Meter hoch. Stühle und Kissen

schwimmen darin herum, und mitten im Zimmer liegt unser Töchterchen in einem weißen Nachthemd. Es ist nicht tot, es liegt einfach nur im dunklen Wasser und starrt an die Decke. Das Wasser ist nicht kalt, und die Sonne scheint durch die Fenster, die Strahlen werden vom Wasser reflektiert, sodass sich an der Decke und auf den Wänden Muster bilden.
Die Dinge stehen nicht mehr zum Besten, Liebster, die Dinge sind nicht mehr so, wie sie sein sollen. Vielleicht glaubst du, du seist selbstverständlich für mich geworden? Vielleicht bin ich nicht deutlich genug. Jeden Tag denke ich, was ich für ein Glück habe, wie glücklich ich darüber bin, dir begegnet zu sein. Ich weiß, dass ich es dir auch sagen sollte. Wir reden nicht mehr miteinander. Seit ich das Kind verloren habe, haben wir nicht mehr miteinander geredet. Nachdem ich das Kind verloren habe, habe ich auch dich verloren.
Du hast heute am Telefon seltsam geklungen, als wolltest du nicht mit mir reden. Jetzt wird es bestimmt bei jedem Telefonat so sein, wir stoßen uns gegenseitig weg. Wenn du morgen kommst, werde ich dir sagen, wie viel du mir bedeutest. Ich halte dich fest, Liebster, halte dich fest und lasse dich nicht mehr los.

Ich legte den Zettel weg und merkte, wie mir der Kopf schwirrte. Die Dinge wirkten deutlich und undeutlich zugleich. Ich musste einsehen, dass sie die ganze Zeit über an mich geschrieben hatte. Ihre Notizen waren Liebesbriefe an mich, nicht an einen anderen Mann, sondern an mich. In Wirklichkeit streckte sie eine Hand aus und zog mich zu sich heran. Ich saß im Sessel und wusste, dass ich noch eine Chance bekommen hatte.
Erneut wurde ich von einem Gefühl der Zärtlichkeit er-

fasst. Die Zimmer änderten ihren Charakter, wurden sanfter und klarer. Sie war weg, aber ich hatte den Beweis dafür, dass sie mich haben wollte, eine Art Versicherung, in ihrer eigenen Handschrift. Ich stand auf und suchte mein Handy, wählte ihre Nummer und wartete. Ein Telefon begann im Wohnzimmer zu piepen. Ich drehte mich um und sah Ingrids Handy im Regal leuchten.

Ich konnte ihre Stimme an meinem Ohr deutlich hören: *Hallo, hier ist Ingrid, ich kann Ihren Anruf nicht entgegennehmen, hinterlassen Sie bitte eine Nachricht, ich rufe Sie dann zurück*. Wo war sie? Hatte sie nicht gesagt, dass sie für den Abend keine Pläne hatte? Ich überlegte, ob ich ihr Handy unter die Lupe nehmen sollte, ihre Nachrichten lesen, mir anschauen, wen sie angerufen hatte. Schon die Vorstellung, dies zu tun, vernebelte meine Gedanken. Eigentlich wäre es leichter, gäbe es einen anderen Mann. Das würde die Verantwortung und die Entscheidung, die ich jetzt treffen musste, leichter machen.

Ich sah aus dem Fenster und stellte fest, dass der Abend bald mit jener Dunkelheit erfüllt war, die Ende August angekrochen kam, einer Dunkelheit, die dich mit einer anderen Schwere umhüllt als im Sommer. Ich knipste das Licht aus und verschmolz mit der Dunkelheit von draußen. Manchmal stand ich so da, wenn ich allein zu Hause war. Ich stellte mir vor, dass sich viele von uns versteckten und einander ausspionierten, dass die Nachbarn in den Wohnungen um uns herum dasselbe taten wie ich, dass wir dastanden und darauf warteten, dass jemand kam und uns aus der Dunkelheit riss.

Ich nahm meinen Koffer und schloss hinter mir ab. Es war kurz nach elf, und ich stand wieder auf der Straße. Ich wusste nicht, wohin ich gehen sollte, wusste nur, dass ich wegmusste, wenn das hier gutgehen sollte, ich musste wie geplant am 28. August nach Hause kommen, damit wir noch eine Chance hatten. Sie durfte mich nicht bei einer Lüge ertappen, die ich unmöglich erklären konnte, nicht einmal mir selbst.
Ich setzte mich in eine Kneipe am Theater. Durch das Fenster beobachtete ich den Verkehr, der in einzelnen Wellen anrollte. Scheinwerfer bewegten sich in einem leisen Strom auf und ab. Die Stadt war voller Menschen, die verzweifelt umherirrten, als glaubten sie, heute wäre der letzte Sommerabend und sie müssten so viel wie möglich aus ihm herausholen. In dieser Stadt konnte man nie wissen, Ende August konnte es anfangen zu regnen, und dann regnete es, bis man sich eingestehen musste, dass der Herbst gekommen war.
Mein Handy piepte. Ich nahm es in die Hand und schaute auf das Display. Es war Ingrid. Ich ging nicht ran, dachte nur, dass sie jetzt also nach Hause gekommen war. Sie war zu Hause, und ich fragte mich, wo sie gewesen war. Sie hatte gesagt, sie habe für den Abend keine besonderen Pläne.
Das Piepen hielt einen Moment inne, dann rief sie erneut an. Geh schon ran, sagte die Frau neben mir.
Nein, lieber nicht, sagte ich.
Männer, die nicht ans Handy gehen, sind mir verdächtig.
Und Männer, die rangehen?
Noch schlimmer.
Sie hatte rote Haare und trug ein rotes Kleid. Sie war stark

geschminkt und hatte eine lange dünne Nase. Sie redete mit mir, ohne mich dabei anzuschauen.
Du erinnerst dich bestimmt nicht an mich, aber ich erinnere mich an dich, sagte sie.
Ich drehte mich zu ihr um und sah sie an. Mein Kopf war leer, ich hatte keine Ahnung, wer sie war. Solche Leute nervten mich, sie kamen an, warfen einem etwas Vages über die Vergangenheit an den Kopf und starrten einen dann an, als könnte man alle Rätsel von früher lösen.
Wann hast du dir diesen Schnurrbart wachsen lassen?, fragte sie.
Diesen Sommer.
Er steht dir nicht. Ansonsten hast du dich nicht verändert.
Du auch nicht.
Lügner. Du erinnerst dich nicht an mich.
Sie lachte und leerte ihren Drink.
Ich würde ihr einen ausgeben, sagte ich.
Dieser Tag endet mit einem Drink mit dir, stimmt's?, sagte sie.
Stimmt, sagte ich.
Das Leben ist schon komisch, oder?, sagte sie. Ich meine, man weiß nie, was von einem Tag auf den nächsten passiert. Hier sitze ich und trinke mit dir, und du sagst, du hast mich noch nie gesehen.
Das stimmt. Ich habe dich noch nie gesehen.
Sie lachte.
Du lässt dir einen Schnurrbart wachsen und glaubst, dass dich keiner mehr erkennt.
Es tut mir leid, aber ich bin dir noch nie begegnet.
Sie deutete mit dem Kopf auf den Koffer neben meinem Stuhl.

Bist du auf dem Weg nach Hause oder auf dem Weg fort?
Ich weiß es nicht.
Du weißt es nicht?
Nein.
Ach, sind wir nicht erbärmliche Kreaturen?
Ich sagte nichts mehr.
Sie erzählte, ihr Ex habe ihr ein paar Wochen nach ihrem Auszug ihr Fotoalbum nachgeschickt. Er hatte sich die Mühe gemacht, auf allen Bildern aus ihrer Kindheit ihren Kopf zu entfernen und mit weiblichen Geschlechtsorganen zu ersetzen, die aus verschiedenen Pornoheften ausgeschnitten waren.
Wie charmant, sagte ich.
Ein echter Gentleman, sagte sie.
Ich leerte meinen Drink, stand auf und ging.
Du musst dir den Schnurrbart abrasieren, rief die Rothaarige hinter mir her.
Als ich vor dem Fenster an ihrem Platz vorbeikam, hob sie das Glas zum Gruß.

Mitternacht ohne sie. Ich lief durch die herrliche, milde Nacht. Autos fuhren in hohem Tempo nirgendwohin. Menschen eilten wie Silhouetten vorbei, ich stellte fest, dass sie jetzt nach einer Mischung aus Schweiß und Lust rochen. Taxis mit Lichtern auf dem Dach warteten darauf, sie nach Hause zu bringen, zu Frieden oder Ekstase. Ich hatte Angst, jemanden zu treffen, den ich kannte, dem ich etwas erklären müsste. Noch einen ganzen Tag lang musste ich ein Mann sein, den es nicht gab.
Im Hotel Norge bekam ich Zimmer Nummer 404 mit Blick über den Torgallmenningen und das Kaufhaus Sundt. Es

fühlte sich nicht richtig an, in seiner eigenen Stadt ins Hotel zu gehen, Gast zu sein in einer Stadt, in der man wohnte. Ingrid und ich hatten es einmal an einem Silvesterwochenende gemacht, als wir es uns nicht leisten konnten, wegzufahren, aber das war zum Spaß. Das Hotel Norge hatten wir Italien und alle um uns herum Italiener genannt.

Was ich vor dem Fenster sah, kam mir vor wie eine fremde Stadt, Bergen ähnelte mehr einem gigantischen Apparat als einem Ort zum Leben, die Stadt war eine Maschine, die von dem Regen und dem Herbst unter dem nassen Himmel langsam Rost ansetzte.

Ich ging ins Bad und duschte. Dann rasierte ich mir den Schnurrbart ab. Anschließend blieb ich vorm Spiegel stehen und betrachtete mein Gesicht. Ohne Schnurrbart sah ich jünger aus, ich fühlte mich freier durch die Rasur, eine Welle von Möglichkeiten und Chancen durchströmte mich. Ich wusste, dass es der kurze trügerische Glaube war, dass alles noch gut ausgehen könnte.

Ingrid rief noch einmal an, auch jetzt nahm ich nicht ab.

Ich dachte: Hat mich das Leben wirklich hierhergeführt? In dieses Zimmer, in dieses Hotel außerhalb meines eigenen Lebens? Wie lange ist er her, der Abend, an dem wir uns liebten und sie flüsterte, es mache nichts, sie wolle schwanger werden, wie lange ist das her?

Ich zappte durch die Fernsehsender und blieb bei einer Verwechslungskomödie auf dem Filmkanal hängen. Die männliche Hauptfigur reiste zwischen den Jahren 1964 und 2046 hin und her, und der Mann war an beiden Orten glücklich verheiratet. Zu Problemen kam es, als er nicht mehr wusste, wo er war, in den Sechzigerjahren oder in der Zukunft, er verwechselte die Namen der beiden Frauen, die er liebte, und zog die falschen Klamotten an. Am Ende verlor er beide Frauen.

Endlich schlief ich ein, ich schlief einen schweren Schlaf, als wäre ich in einem gigantischen Aquarium ertrunken.

Ich wurde vom Telefon geweckt. Das verwirrte mich, ich war sicher, ich hätte das Handy auf lautlos gestellt. Ich richtete mich halb im Bett auf, bis ich merkte, dass das Hoteltelefon klingelte. Es war schon wieder still. Ich war in einer Art Niemandsland zwischen Schlaf und Wachzustand. Alles war unklar und verwischt.

Ich legte mich wieder hin und dachte an den Abend, an dem ich Ingrid gefragt hatte, ob sie mich heiraten wolle. Ich hatte überlegt, noch ein wenig zu warten, aber als wir auf der Ha'penny Bridge in Dublin standen, fiel der erste Schnee sachte vom Himmel, und wir küssten uns, und ich fragte, ob sie mich heiraten wollte. Ja, sagte sie. Und das war alles, was sie sagte, ja und noch ein weiteres Wort: unbedingt. Ich erinnerte mich an den Schnee, der auf Dublin fiel, an den Schnee, der überall fiel, den Schnee, der aus dem blauen Himmel kam und uns bedeckte. Ich sah, wie es in meinem Zimmer schneite, von der weißen Decke fiel Schnee, es war Spätsommer und es schneite, es schneite in allen Häusern, alle Zimmer füllten sich mit Schnee.

Das Hoteltelefon klingelte noch einmal.

Diesmal stand ich auf und nahm ab.

Bist du wach?, fragte eine Stimme.

Ja, sagte ich.

Es entstand eine Pause.

Was machst du gerade?

Ich bin im Hotel.

Das weiß ich.
Ich sah sie vor mir, wie sie daheim auf der Bettkante saß. Dasaß und auf mich wartete. Ich bildete mir ein, dass sie auf der Bettkante saß und so zivilisiert zusammenbrach, wie wir Menschen zusammenbrechen.
Kannst du nicht schlafen?, fragte ich.
Nein.
Wolltest du was Bestimmtes?
Ich wollte nur deine Stimme hören.
Und jetzt hörst du sie.
Ja, jetzt höre ich sie.
Es entstand eine Pause.
Was hast du an?, fragte sie.
Was soll das, Ingrid?
Ich will dich nur vor mir sehen.
Was soll dieses Telefonat, Ingrid?
Sie gab keine Antwort. Mir ging auf, dass sie mich auf dem Hoteltelefon angerufen hatte, und ich überlegte, woher sie wissen konnte, wo ich war. Wie hatte sie mich gefunden?
Was siehst du, wenn du aus dem Fenster schaust?, fragte sie.
Ich gab keine Antwort.
Stell dich ans Fenster, sagte sie.
Was soll das, Ingrid?
Stell dich einfach nur ans Fenster. Ob du allein bist oder nicht, ich will nur, dass du dich ans Fenster stellst.
Ich ging zum Fenster und zog die Jalousien hoch. Es wurde langsam hell. Ich sah ein Taxi vorbeifahren, hörte die ersten Vögel singen und ein paar Absätze auf dem Bürgersteig. Der Morgen war vorsichtig und zaghaft, als müsste er behutsam vorgehen, um alles wieder in Gang zu kriegen.

Sie stand unten auf dem offenen Platz in der melancholischen ersten Morgenstunde, sie stand da wie von der kühlen Morgenluft frisch gewaschen, von einer Luft, die noch niemand eingeatmet hatte, von einer Luft, in der man noch baden konnte. Ich sah sie dort stehen, und mir fiel auf, dass das Schöne in Reichweite war, das Schöne ist immer in Reichweite, man muss sich nur danach strecken und es berühren.

Komm raus und halt mich, sagte sie. Beeil dich.

Ich zog mein Hemd und den Anzug an, band die Schuhe zu, knipste das Licht aus und verließ Zimmer 404. Im Fahrstuhl nach unten sah ich mich selbst im Spiegel und zupfte mein Hemd zurecht. Ich spürte meinen Herzschlag im Hals. Wünsch mir Glück, flüsterte ich dem Spiegel zu. Wünsch mir Glück.

Unten an der Rezeption ging ich mit raschen Schritten zum Ausgang. Die Glastüren glitten mit einem Luftzug zur Seite. Und ich trat hinaus in den blauen Morgen.

Zimmer in New York

Edward Hopper (1882–1967)
Room in New York, 1932
Öl auf Leinwand, 73,66 × 91,44 cm
Sheldon Museum of Art, University
of Nebraska-Lincoln
UNL-F.M. Hall Collection

Ich setzte mich ans Klavier und schlug mit dem rechten Zeigefinger ein paar Tasten an, um Raymond zu ärgern. Er saß mit der Zeitung drüben am Fenster. Er konzentrierte sich mit aller Macht auf die Lektüre, um ja nicht auf das Lied zu reagieren, das ich spielte. Daraus schloss ich, dass die Provokation geglückt war.

Ich hörte auf zu spielen und sah aus dem Fenster. Es war etwa halb elf abends. In den Wohnungen auf der anderen Straßenseite brannte Licht. Die Hitze des Augusttags hing immer noch in der Luft, und Leute kamen auf ihrem Abendspaziergang draußen vorbei. Ich selbst liebte es, abends durch die Nachbarschaft zu laufen und in die erleuchteten Zimmer zu schauen, mir vorzustellen, wer die Bewohner waren, worüber sie redeten, worüber sie sich stritten.

Ich überlegte, was die Leute wohl sagten, wenn sie bei uns durchs Fenster schauten. Sagten sie überhaupt etwas? Interessierte es sie? Sicher nicht. Das hier war nur eins von vielen Millionen Zimmern in New York. Ein Zimmer mit Bildern und Bücherregalen, Gerüchen und Geräuschen, mit Türen und Tischen, die man zum Leben brauchte. Ein weiteres Zimmer mit einem Mann und einer Frau, in Stille gehüllt.

Ich setzte mich auf dem Hocker zurecht und spielte das Lied ganz durch. Ich konnte Raymond hinter mir nicht sehen, stellte mir jedoch vor, dass er weiterhin in derselben festgefrorenen Haltung auf dem roten Sessel saß. Kaum hatte ich geendet, klingelte das Telefon. Raymond machte keine Anstalten aufzustehen, darum ging ich in den Flur und nahm den Hörer ab.

Ich bin's nur, sagte meine Mutter.

Das höre ich.
Meine Mutter zögerte, bevor sie sagte: Es ist nichts Besonderes, Liebes, du warst nur beim Abendessen so komisch, dass wir uns gefragt haben …
Ja?
Es geht uns ja eigentlich nichts an, aber du warst so still, und ich konnte mich weder mit dir noch mit Raymond richtig unterhalten, du weißt schon, wegen der Kinder deiner Schwestern. Ja, ich hatte nur so ein Gefühl: Jetzt muss ich Tess mal anrufen!
Das ist lieb, Mutter.
Ich hörte ihre Stimme und dachte daran, dass wir dieses Gespräch schon tausendmal geführt hatten. So war es nach jedem Familienessen. Wir trafen uns, fielen uns gegenseitig ins Wort, und anschließend mussten wir uns alle anrufen, um uns zu versichern, dass alles in Ordnung war, klar doch, alles war in Ordnung.
Ist alles in Ordnung mit dir?, fragte meine Mutter.
Ja, Mutter.
Und auch mit dir und Raymond?
Ja.
Ist er eigentlich da?
Er ist da, ja. Er liest die Zeitung.
Du kannst also nicht reden?
Doch, doch, ich kann reden.
Du weißt, wie gern ich Raymond mag. Ich finde ihn wirklich toll. Auch dein Vater mag ihn sehr, aber sie sind sich etwas zu ähnlich. Vater hat nie ein böses Wort über Raymond verloren, das musst du mir glauben, aber sie sind zwei vom selben Schlag, immer gewesen.
 Ich schaute hinüber zu Raymond im Wohnzimmer. Er saß

immer noch mit der Zeitung in der Hand da. Ich betrachtete seine Haare und seinen Nacken über der Sesselkante, ich konnte auch einen Teil des weißen Hemds und der schwarzen Weste erkennen. Ich hatte seinen Nacken immer gemocht.
Du musst sagen, wenn etwas ist, friss es bloß nicht in dich hinein, du sagst Bescheid, wenn etwas ist, das tust du doch, Liebes, oder?
Ja.
Weißt du, es gibt eine Ausstellung im MOMA, die ich mir gern anschauen würde, sagte meine Mutter. Würdest du nächste Woche mitkommen?
Ja.
Ich beendete das Gespräch und ging zurück zu Raymond. Ich stellte mich hinter seinen Stuhl und streichelte seinen Nacken.
War das deine Mutter?, fragte er, ohne aufzusehen.
Hast du gelauscht?
Was wollte sie?
Sie wollte wissen, ob ich schwanger bin.
Was?
Sie und Vater waren der Meinung, ich sähe schwanger aus.
Raymond sagte nichts. Er sah durch das offene Fenster nach draußen.
Hast du mich gehört?, fragte ich.
Ja, ich habe dich gehört. Und, bist du schwanger?
Ich stellte mich vor ihn hin und strich mir mit beiden Händen über den Bauch. Siehst du es nicht? Ich habe einen dicken Bauch. Jemand hat mir einen dicken Bauch gemacht.
Ich legte die Hände ins Kreuz, schob den Bauch vor und

ging um den Wohnzimmertisch, als wäre ich hochschwanger.

Was bist du albern, sagte Raymond.

Ich bin nicht albern, Schatz, ich bin schwanger.

Er stand auf und warf die Zeitung auf den Tisch.

Ich weiß, worauf das hier hinausläuft, und ich habe keine Lust, mit dir zu streiten.

Och, du bist nie zum Streiten aufgelegt. Wann können wir denn mal wieder streiten? Ich sehne mich so nach einem Streit mit dir.

Wie frech du manchmal bist!

Heute Abend auch nicht, Schatz? Auch heute Abend keinen Streit?

Manchmal treibst du mich in den Wahnsinn, Tess.

Er nahm seine Anzugsjacke vom Haken und zog sie mit gereizten Bewegungen an. Ich stahl mich an ihm vorbei und stellte mich demonstrativ vor die Wohnungstür.

Du hast mich nie geliebt, sagte ich. Gib's zu.

Hör auf, Tess.

Du liebst mich nicht.

Hör auf. Schluss jetzt.

Ich hielt ihn fest.

Wenn du jetzt gehst, kommst du nicht mehr zurück.

Woher willst du das wissen?, fragte er und ging an mir vorbei.

Ich packte ihn an der Schulter und zog ihn zurück. Er riss sich los. Die Tür schlug zu. Ich blieb einen Moment stehen, bevor ich wieder ins Wohnzimmer ging. Ich wollte nicht weinen, konnte die Tränen aber nicht zurückhalten.

Jedes Familienessen endete mit einer solchen Szene. Das
 hing damit zusammen, wie meine Nichten und Neffen von

Zimmer zu Zimmer rannten, lachten und spielten, sich prügelten und zankten. An solchen Tagen drehte sich alles um die Kinder, alle redeten mit ihnen, schimpften mit ihnen, lobten sie. Raymond musste erkennen, wie gern ich mit ihnen zusammen war.

Es kam vor, dass ich ein wildfremdes Kind auf der Straße sah und mir vorstellte, es sei meins. Ei du, mein liebes Kind!, sagte ich dann im Stillen. Eines Morgens auf dem Weg zur Arbeit bin ich hinter einem Vater hergegangen, der seine Tochter an der Hand hielt. Sie waren mir an einer Ampel aufgefallen, und ich bin ihnen bis zum Schultor gefolgt. Das Mädchen hatte Zöpfe und trug neue Kleider. Auf dem ganzen Weg hatte der Ranzen auf und ab gewippt, im Takt ihrer Schritte.

Kein verantwortungsvoller Mensch setzt in New York Kinder in die Welt, sagte Raymond jedes Mal, wenn das Thema aufkam. In den USA sollte man nirgendwo Kinder bekommen, meinte er, das hier ist kein Land für Kinder, das hier ist ein Land für Leute über dreißig in geordneten wirtschaftlichen Verhältnissen. Sogar Mexiko ist für Kinder besser geeignet als die USA, sagte er. Wenn wir Kinder wollen, müssen wir nach Mexico City auswandern.

Ich hatte gerade beschlossen, ins Bett zu gehen, als ich auf der Straße Reifen quietschen hörte. Jemand schrie, eine Autotür wurde zugeschlagen, dann war es still. Ich lief zum Fenster und sah im Scheinwerferlicht eines Autos einen leblosen Körper auf der Straße liegen. Ich drehte mich um und rannte die Treppe hinunter, hatte das Gefühl, es sei jemand, den ich kannte.

Draußen sah ich, dass der angefahrene Junge der Sohn

eines befreundeten Ehepaars war, das auf der anderen Straßenseite wohnte. Seine Mutter arbeitete im selben Verlag wie Raymond. Mir fiel ein, dass der Junge Wallace hieß. Er lag auf dem Rücken vor einem silberfarbenen Ford. Ich fragte mich, was er so spät noch draußen gemacht hatte. Es war kurz vor halb zwölf, und Wallace konnte nicht älter sein als neun oder zehn.

Der professionelle Teil in mir schaltete sich ein. Das hier war Job. Das hier konnte ich. Ich forderte die Schaulustigen auf, sich auf den Bürgersteig zurückzuziehen. Ich ging in die Hocke, um Atem und Puls zu kontrollieren. Alles wirkte normal. Ich drehte Wallace in die stabile Seitenlage. Höchstwahrscheinlich hatte er durch den Zusammenstoß eine Kopfverletzung erlitten.

Er ist einfach auf die Straße gelaufen, sagte eine Frau über mir.

Sind Sie diejenige, die ihn angefahren hat?, fragte ich.

Warum ist er einfach auf die Straße gelaufen?, fragte sie. Er ist losgelaufen, als wollte er angefahren werden.

Ich stand auf und fragte, ob jemand einen Krankenwagen rufen könne. Ein älterer Herr sagte, das sei schon geschehen. Ich bat den Mann, Vater und Mutter des Jungen zu verständigen. Ich zeigte auf den Hauseingang und nannte die Nummer. Die Familie heißt Clarke!, rief ich dem Mann hinterher, der schon unterwegs war.

Ich blieb bei Wallace sitzen und kontrollierte seinen Atem. Er bewegte sich ein paar Mal, war aber immer noch nicht bei Bewusstsein. Die Frau, die den Jungen angefahren hatte, war zu ihrem Ford zurückgekehrt. Sie saß bei geöffneter Tür im Wagen und rauchte auf eine Weise, die ihre Unruhe verriet.

Ein Polizist kam dazu und fragte mich, ob ich Augenzeugin sei. Ich schüttelte den Kopf. Der Polizist ging zur Fahrerin. Er machte sich während des Gesprächs Notizen.
Neugierige waren zu beiden Seiten der 9th Street an den Fenstern aufgetaucht. Sie starrten alle auf denselben Punkt, sagten keinen Ton. Das hier war das kleine abendliche Drama in Park Slope. Weitere Polizeiwagen waren dazugekommen. Blaues Licht wurde zwischen den Fassaden der Straße hin- und hergeworfen.
Ich fragte mich, wo Raymond abgeblieben war, ob er zurückkäme, ob er für immer verschwunden wäre. Diesmal war ich zu weit gegangen. Vielleicht war das hier der endgültige Bruch. Mehrfach schon war mir das letzte Jahr wie ein einziger langer Abschied vorgekommen.
Wallaces Eltern kamen angelaufen. Sie wirkten gefasst, wie eine ernste Situation es erfordert, in der Menschen unter Druck stehen und alle Kräfte mobilisieren müssen, um das Richtige zu tun. Die Mutter beugte sich über den Jungen und strich ihm über die Wange. Er bewegte sich, schlug die Augen aber nicht auf.
Er wird durchkommen, sagte ich.
Sie nickte.
Ich konnte den Krankenwagen weiter unten in der Straße hören. Er fuhr zwischen den Autos auf der Fahrbahn Slalom und hielt neben dem Ford. Wenige Minuten später hatten sie den Jungen eingeladen. Ich hörte, wie die Mutter und der Vater darüber sprachen, wer mit ins Krankenhaus fahren sollte.
Am besten fahre *ich* mit, Gloria, sagte er.
In Ordnung, sagte sie und umarmte ihren Mann.
Wir blieben zurück und sahen dem Krankenwagen hinter-

her, der die Straße hinunter verschwand. Ein merkwürdiges Gefühl von Eifersucht überkam mich. Ich wäre gern im Krankenwagen mitgefahren, hätte meinem Kind die Hand gehalten, hätte auf es aufgepasst, es wieder gesund gemacht. Sofort schämte ich mich für diesen Gedanken.
Der Polizist unterhielt sich mit der Mutter. Er machte sich weitere Notizen, bevor er und seine Kollegen anfingen, den Verkehr an der Unfallstelle zu regeln. Vor und hinter dem Ford standen Autos, die darauf warteten, vorbeizukommen. Die Schaulustigen zogen sich vom Bürgersteig und von den Fenstern zurück.
Ich ging zu Gloria und legte ihr den Arm um die Schultern.
Ich bringe dich nach oben, sagte ich.
Danke, sagte sie und sah mich an.
Raymond und ich waren ein paar Mal bei den Clarkes gewesen, aber wir hatten festgestellt, dass wir außer der Adresse eigentlich nicht sehr viel gemeinsam hatten. In ihrer Wohnung hing ein süßlicher Geruch, der vielleicht vom heutigen Abendessen herrührte. Ich sah sie vor mir am Tisch sitzen, alle miteinander, hungrig und lebendig. Jetzt hatte sich die Wohnung verändert, sie war durch die Ereignisse auf der Straße aus dem Normalzustand gerissen worden.
Wallaces kleiner Bruder stand am Fenster und sah hinaus. Er trug einen hellblauen Schlafanzug. Er war vielleicht sechs oder sieben. Die Mutter ging zu ihm und nahm ihn in den Arm.
Bist du wach, Marvin?
Der Junge blickte hoch zu seiner Mutter.
Muss er jetzt sterben?, fragte er.
 Die Mutter schüttelte den Kopf.

Nein, er wird nicht sterben.
Hart und etwas linkisch drückte sie den Jungen an sich, und mich beschlich das Gefühl, dass sie kurz vor einem Zusammenbruch stand. Sie hatte bisher ruhig gewirkt, jetzt konnte sie nicht mehr.
Du musst dich wieder hinlegen, Marvin, sagte ich, und drängte mich zwischen die beiden.
Der Junge nickte, als verstünde er, dass das hier ernst war und dass er jemandem vertrauen musste, der mehr von dem Ernst verstand als er selbst.
Liest du ihm abends normalerweise vor?, fragte ich die Mutter.
Sie nickte und holte ein Buch. Ich brachte Marvin ins Bett und begann ihm vorzulesen. Das Buch handelte von einer französischen Bulldogge, die gern ein Weltraumhund wäre und unermüdlich trainierte, bis sie Astronaut wurde und ins Weltall geschossen werden konnte.
Muss Wallace jetzt sterben?, fragte der Junge noch einmal, als ich zu Ende gelesen hatte.
Nein, er ist jetzt im Krankenhaus, dort machen sie ihn wieder gesund.
Ich war nicht sicher, ob das stimmte. Der Unfall hatte sich vermutlich in Sekundenbruchteilen abgespielt, und die Art, wie Wallace gestürzt war, entschied über sein weiteres Leben.
Gloria war am Telefon, als ich wieder ins Wohnzimmer kam. Sie legte auf und rührte sich nicht. An ihrer Haltung konnte ich erkennen, dass der Unfall bei ihr angekommen war. Ihr war bewusst geworden, was eigentlich passiert war.
Sie drehte sich zu mir um.
Ich habe gerade mit George gesprochen, sagte sie. Er will,

dass ich ins Krankenhaus komme. Wallace hat Krämpfe bekommen. Sie halten seinen Zustand für kritisch.
Sie sah mich an.
Kannst du hierbleiben, wenn ich wegfahre?
Ich nickte und ging mit ihr in den Flur.
Bist du sicher, dass du fahren willst?, fragte ich. Soll ich nicht besser ein Taxi rufen?
Nein, es geht schneller, wenn ich selbst fahre.
Nachdem sie ihre Jacke angezogen hatte, blieben wir noch einen Augenblick stehen.
Er hat nächste Woche Geburtstag, sagte sie.
Er wird durchkommen, sagte ich.
Er hat sich einen Kopfhörer gewünscht, sagte sie. Soll ich ihn mitnehmen, was meinst du?
Das kann bestimmt bis nächste Woche warten, antwortete ich.
Ich ging ins Wohnzimmer zurück und schaltete den Fernseher ein, um die Stille zu vertreiben, die sich in der Wohnung breitgemacht hatte. Ich zappte durch die verschiedenen Sender, ohne bei einem Programm hängenzubleiben. Ich schaltete den Fernseher wieder aus und nahm eine Zeitschrift in die Hand, versuchte darin zu lesen. Ich betrachtete die Familienbilder an den Wänden. Ging in die Küche, um mir etwas zu trinken zu holen, blieb dann aber stehen und starrte auf die dreckigen Teller, die Kleider über den Stühlen. Ich machte den Kühlschrank auf. Die Lebensmittel und Verpackungen leuchteten in dem sanften Kühlschranklicht.
Ich schnappte mir das Telefon im Wohnzimmer und rief unsere eigene Nummer an. Niemand nahm ab. Ich rief Raymond auf seinem Handy an, aber er hatte es vermutlich

ausgeschaltet. Ich fragte mich, wohin er gegangen war. Ich sah hinunter auf die 9th Street. Von dem Unfall war nichts mehr zu sehen. Hin und wieder fuhren Autos durch die Straße, als wäre nichts geschehen. Ich betrachtete die Bäume, die Telefonmasten, die geparkten Autos. Die Häuser standen Seite an Seite, mit all den Menschen, die hinter den erleuchteten Fenstern lebten.

Bei uns brannte immer noch Licht. Mir fiel plötzlich ein, dass ich vergessen hatte, die Tür abzuschließen. Ich sah den Sessel am Fenster, den Tisch mit der Zeitung und das Klavier an der Wand. Es war merkwürdig, hier zu stehen und von außen in unser Haus zu schauen. Unser erstes gemeinsames Haus: 9th Street, Park Slope, Brooklyn, New York.

Ich erinnerte mich an Tage, an denen ich mich nur danach gesehnt hatte, heimzukommen, in diesem Haus zu sein, es hatte Nachmittage gegeben mit auf dem Boden verstreuten Kleidern, mit sexuellem Verlangen, das sich hinter flatternden Vorhängen entfaltete, die das Licht im Zimmer steigen und fallen ließen, ich erinnerte mich an die heißen Wiederholungen, die Bewegungen, den verlässlichen Rhythmus, Abende ohne Gedanken, ohne Unruhe.

Kurz vor drei klingelte das Telefon. Das Geräusch erschreckte mich fast zu Tode. Ich war in eine Decke gehüllt auf dem Sofa eingeschlafen. Es verwirrte mich, dass ich in einem fremden Zimmer auf der falschen Straßenseite aufwachte, aber ich richtete mich mühsam auf und nahm den Hörer ab.

Gloria rief aus dem Krankenhaus an.

Wallace ist vor zwei Stunden gestorben, sagte sie.

Ihre Stimme klang aufgelöst vor Tränen und Trauer. Ich wusste nicht, was ich sagen sollte.
Ich bleibe hier im Krankenhaus, aber George kommt gleich nach Hause.
Okay.
Schläft Marvin?
Ja, er schläft.
Ich legte auf und ging zum Sofa. War immer noch nicht ganz wach. Versuchte, mich im Halbdunkel zu orientieren. Ich musste mich wieder hinsetzen. Marvin kam aus seinem Zimmer. Vermutlich hatte ihn das Telefon geweckt.
Ich muss mal, sagte er.
Als er wieder aus dem Bad kam, ging er nicht gleich zurück ins Bett.
Ich habe Angst, sagte er. Wo ist Mama?
Ich ging zu ihm und drückte ihn an mich.
Wovor hast du Angst, Marvin?
Vor Bären.
Vor Bären?
Ja, dass Bären kommen.
In New York gibt es keine Bären.
Doch, im Zoo.
Aber sie leben hinter Gittern.
Nachts nicht. Nachts sind sie draußen auf der Straße.
Ich nahm seine Hand und führte ihn in sein Zimmer. Ich breitete die Decke über ihn. Erst jetzt wurde mir bewusst, dass er seinen großen Bruder verloren hatte. Ich überlegte, ob ich etwas sagen sollte, beschloss aber, dass sein Vater es ihm erzählen musste, wenn er kam.
Ich schlang die Arme um ihn, als wollte ich ihn trösten, oder mich.

Hast du Geburtstag?, fragte Marvin.
Nein, antwortete ich.
Du hast so ein Kleid an, wie Mama es an ihrem Geburtstag anhat.
Ich war nur zu einem Essen eingeladen.
War es gut?
Ja, es war gut. Meine Mutter hat Lasagne gemacht. Magst du Lasagne?
Ja, aber ich weiß nicht, was das ist.
Das ist ein Gericht, das sehr gut schmeckt. Vor allem, wenn deine Mutter es gemacht hat. Jetzt musst du schlafen.
Wallace hat nächste Woche Geburtstag. Dann gibt es Kuchen.
Das wird bestimmt toll.
Ja.
Schlaf gut, mein Kleiner.
Ich blieb bei ihm sitzen, bis ich sah, wie der kleine Körper im Schlaf zuckte, bis er sich entspannte und friedlich schlief. Ich stand auf und stellte mich im Wohnzimmer ans Fenster. Zwei Pärchen in Abendgarderobe kamen die Straße entlang, einer der Männer sagte etwas, worüber die anderen lachten. Ein Taxi fuhr vorbei. Ansonsten waren die Leute im Bett, nur ein Gewölbe aus Licht hing über den Dächern.
Draußen brannten noch immer Millionen Lichter, als wollten sie uns vor der Dunkelheit retten. Für mich hatten die Lichter New Yorks immer etwas Optimistisches ausgestrahlt, etwas, das die Verzweiflung aus Zimmern vertreiben konnte, die sonst verloren wären.
Ich rief unsere Festnetznummer an. Diesmal nahm Raymond ab.

Hallo, hörte ich ihn sagen.
Ich bin's nur.
Wo bist du?
Ich gab keine Antwort.
Wo bist du?, fragte er noch einmal. Ich hatte solche Angst um dich.
Ray …, sagte ich.
Ich kam nach Hause, die Tür stand offen, und ich dachte, du … Ja, ich weiß nicht, was ich dachte. Tut mir leid, dass ich so ausgerastet bin.
Ist schon in Ordnung.
Wo bist du gewesen? Das ist alles meine Schuld. Ich hätte nicht so ausrasten dürfen.
Du hattest alles Recht der Welt auszurasten, ich habe mich idiotisch benommen.
Aber wo bist du, Tess?
Ich schwieg. Ich brachte es nicht über mich, von dem Unfall zu erzählen. Irgendwie hatte ich das Gefühl, es würde das Ende der Geschichte bedeuten, wenn ich von dem Jungen erzählte, und ich wollte etwas anderes, wollte einen Anfang, etwas Neues.
Ray, hör mir zu.
Warum kannst du mir nicht sagen, wo du bist?
Ray, hör mir mal zu.
Was ist hier los?
Ray! Hör mir zu!
Ja?
Wenn ich nach Hause komme, will ich, dass du mich ausziehst. Hörst du?
Ja.
 Ich will, dass du mich ausziehst, langsam, du sollst mir alle

Kleider ausziehen, Stück für Stück, du sollst mich ganz ausziehen, bis ich nackt bin, verstehst du?
Ich verstehe.
Ich will, dass du mich ausziehst, dann sollst du mich zum Bett tragen, und dann wollen wir noch einmal ganz von vorn anfangen. Du sollst mich aufs Bett legen und mir etwas ins Ohr flüstern: Es geht los, sollst du mir ins Ohr flüstern: Jetzt geht es los.
Es wurde still.
Bist du noch da, Ray?
Ja, ich bin noch da. Wo sollte ich sonst sein?

Ich setzte mich wieder und wartete auf George. Versuchte fernzusehen, versuchte zu lesen, konnte mich aber auf nichts konzentrieren, nur auf dem Sofa sitzen. Ich schloss die Augen, und sekundenlang kam es mir vor, als könnte ich in den Schlaf abtauchen.
Die Stadt ist zur Ruhe gekommen, dachte ich, die Stadt ist zur Ruhe gekommen wie ein Strand, im Lauf der Nacht sind die Häuser ans Meer gezogen, um wieder ganz zu werden. Dann hörte ich einen Krankenwagen, ein Geräusch, das immer lauter wurde, bis der Wagen draußen vorbeifuhr und weiter unten in der Straße hielt.
George kam erst nach Hause, als es draußen hell wurde. Er nahm mich in den Arm und bedankte sich für meine Hilfe. Er sagte, es tue ihm leid, dass er so spät komme. Er habe sich ins Auto gesetzt und sei losgefahren, ohne zu wissen, wohin. Als er sich endlich umgeschaut habe, sei er auf dem New Jersey Turnpike gewesen.
Ich musste einfach raus und meinen Kopf lüften, sagte er.
Ich hielt ihn im Arm, und genau in dem Moment streifte

mich die Erkenntnis, dass nichts mehr so sein würde wie bisher, dass sich nichts ändern oder korrigieren ließ. Ich merkte, dass ich in meinem Leben einen Punkt erreicht hatte, an dem ich mich entscheiden musste, an dem ich mich ernsthaft mit den Dingen auseinandersetzen musste. Ich musste mich für einen Teil der Welt entscheiden und andere Teile aufgeben. Es fühlte sich an, als stünde ich vor einer Instrumententafel und müsste die richtigen Knöpfe drücken. Drückte ich nicht die richtigen Knöpfe, würde etwas in mir für immer zerstört.

Im blauen Licht des Morgens ging ich nach Hause. Die Vögel hatten angefangen zu singen, es würde ein schöner Augusttag werden. Raymond war auf dem Sofa im Wohnzimmer eingeschlafen. Er trug immer noch das weiße Hemd und die schwarze Weste. Ich weckte ihn vorsichtig und führte ihn ins Schlafzimmer. Ich zog ihm die Hose aus und knöpfte die Weste auf.

Was ist passiert?, murmelte er im Halbschlaf.

Er solle sich hinlegen und schlafen, sagte ich. Morgen könnten wir darüber reden.

Was ist passiert?, fragte er noch einmal. Wo warst du?

Ich weigerte mich, es ihm zu erzählen. Es war seltsam, als wäre das, was passiert war, ein Geheimnis, das ich hüten musste.

Ich frage ja nur, wo du warst, sagte Raymond.

Mir fiel auf, dass er nach Alkohol roch.

Hast du einen anderen kennengelernt?, fragte Raymond.

Nein.

Wo bist du dann gewesen? Es kann doch nicht so schwer sein, so eine einfache Frage zu beantworten.

 Ich kann jetzt nicht darüber reden, Ray.

Was soll dieses alberne Gefasel?
So ist es einfach.
Ich habe deine Mutter angerufen, sie war ganz hysterisch.
Ich erzähle es dir morgen.
Du machst mich wahnsinnig. Was ist passiert?
Schlaf jetzt. Wir reden morgen darüber.
Raymond seufzte und rollte auf seine Seite. Eine Minute später war er weg. Sein Atem ging ruhig. Er hatte das Gesicht von mir abgewandt. Ich nahm die Decke und breitete sie über seinen Körper.
Ich lag wach, die Arme auf der Brust. So blieb ich liegen, während sich meine Gedanken im Kreis drehten, bis sie wieder am Ausgangspunkt waren. Auf der Straße fuhren Autos vorbei, der morgendliche Verkehr strömte durch das offene Fenster.
Ich merkte, wie müde ich war, aber ich wusste, dass ich in dieser Nacht nicht schlafen würde. Ich musste hier liegen bleiben, bis der Morgen kam, bis ein neuer Tag begann. Bald wäre es ganz hell. Bald würde die Sonne ihren Weg durchs Fenster finden, und der Tag würde wirklich beginnen.
Dann würden wir aufstehen, frühstücken, Radio hören. Wir würden uns anziehen und uns ohne Drama trennen.

Fenster bei Nacht

Edward Hopper (1882–1967)
Night Windows, 1928
Öl auf Leinwand, 73,7 × 86,4 cm
New York, Museum of Modern Art (MoMa)
Schenkung von John Hay Whitney, 1940

Im Fenster auf der anderen Straßenseite sah ich meine Frau. Im Zimmer brannte Licht, und sie kehrte mir in ihrem roten Sommerkleid den Rücken zu. Ich war nicht ganz sicher, was sie machte, ging aber davon aus, dass sie sich das Sofa anschaute, über das sie vorhin mit den Nachbarn gesprochen hatte. Sie hatte sich nach rechts gebeugt, sodass ich ihren Kopf nicht sehen konnte. Ich sah nur ihren Po und ihre Oberschenkel. Ich stand im Dunkeln und spürte, wie ich Lust auf sie bekam.

Das Telefon klingelte. Ich nahm ab.

Hallo, sagte mein Bruder. Bist du schon im Bett?

Nein.

Wie geht's?

Nichts Neues.

Ist Ruth da?

Nein, sie ist bei den Nachbarn und sieht sich Möbel an.

Möbel?

Ja, sie will, dass wir uns neue Wohnzimmermöbel kaufen. Das Sofa wird langsam ein bisschen alt.

Wie geht es ihr?

Nichts Neues.

Ich hörte Verkehrsgeräusche und Gehupe im Hörer. Im Hintergrund schrie jemand. Irgendwoher kam Musik.

Wo bist du?, fragte ich.

Wir sitzen in einem Straßencafé in Montparnasse.

Geht's euch gut?

Ja, es ist gleich Mitternacht, und ich sitze hier draußen nur im Hemd. Wir sind in einem dieser Lokale, in denen Hemingway und die anderen Schriftsteller verkehrt haben. Ihr solltet hier sein, du und Ruth.

Mein Bruder schwieg, als hätte er zu viel gesagt.

Ein andermal vielleicht, sagte ich.
Ja, sagte er.
Es wurde still in der Leitung. Ich wartete. Im Hörer war noch mehr Gejohle zu hören: Singen, Lachen, Gläserklirren. So klingt Paris, dachte ich.
Ich wollte nur hören, ob es was Neues gibt.
Ja, wie gesagt, sagte ich.
Ich soll von Brit grüßen. Ihr fehlt uns.
Grüß sie zurück. Amüsiert euch in Paris.
Machen wir. Grüß Ruth.
Ich legte auf und schaltete den Teletext ein. Zuerst sah ich mir die Fußballergebnisse an und spürte einen Anflug von schlechtem Gewissen, weil mir der Sport wichtiger war als die norwegische und internationale Politik. Ich ging die Lokalnachrichten und die Promi-News durch. Ein Supermodel war auf einer Yacht im Mittelmeer Amok gelaufen und hatte das ganze Inventar verwüstet. Ich starrte auf die Zeile ganz oben auf der Seite. Es war kurz vor Mitternacht, und ich blieb so lange stehen, bis ich sah, wie das Datum vom 27. auf den 28. August sprang.
Dann stellte ich mich wieder ans Fenster. Ruth hatte sich mittlerweile aufs Sofa gesetzt. Das Bild lief ohne Ton, aber ich sah, dass sie lachte. Ich konnte auch unsere Nachbarn sehen. Sie standen nebeneinander, und Mia fuchtelte mit den Armen. Sie hatten uns eingeladen, als wir sie vorhin im Park trafen. Sie hatten erzählt, sie hätten alle Wohnzimmermöbel ausgetauscht. Ruth redete schon lange davon, dass wir uns neue Möbel zulegen sollten. Sie war in Geschäften gewesen und hatte in Katalogen geblättert. Ich hatte so getan, als würde ich mich dafür interessieren, um ihr eine Freude zu machen.

Ich fing an zu weinen. Ich sah hinüber zu dem erleuchteten nächtlichen Fenster und weinte leise. Ich stand da und wünschte mir, dass wir dort wohnten, auf der anderen Straßenseite im dritten Stock. Ruth und ich würden zusammen mit unseren Töchtern dort leben. Wir könnten dorthin ziehen, ich könnte die Mädchen wecken, ihnen sagen, dass wir vergessen sollten, was vorgefallen war, wir würden einfach über die Straße ziehen. Wir bräuchten nichts mitzunehmen, wir könnten einfach im Schlafanzug über die Straße gehen und uns dort ins Bett legen. Morgen früh würden wir zu einem neuen Tag erwachen, morgen würden wir von vorn anfangen, in neuen Zimmern, mit neuen Möbeln.
Das Telefon klingelte erneut.
Es war meine Frau.
Kommst du rüber, Liebling?, fragte sie.
Ich gab keine Antwort.
Hallo?, sagte sie.
Hallo, sagte ich.
Stimmt was nicht?
Doch, doch.
Kommst du kurz rüber?
Was ist los?
Mia und Alf wollen dir was zeigen.
Das Sofa?
Nein, was anderes.
Was denn?
Was ganz anderes.
Sie kicherte. Ich hörte die anderen im Hintergrund lachen.
Es ist schon spät, sagte ich. Ich wollte gerade ins Bett gehen.
Alf sagt, du kriegst auch einen Drink.
Ich bin müde. Ich muss morgen früh raus.

Du schläfst besser, wenn du etwas getrunken hast.
Und die Mädchen?
Bring einfach das Babyphon mit.
Funktioniert es denn da drüben?
Ich denke schon. Kommst du?
Ich zögerte. Ich hatte keine Lust, mich zu ihnen zu gesellen. Ich wusste, dass ich an ganz andere Dinge denken würde. Ich würde mir wünschen, dass ich mit Ruth allein wäre, dass sie mich im Arm hielt und mich vergessen ließ.
Okay, in ein paar Minuten bin ich da, sagte ich.
Gut. Alf sagt, auf dich wartet ein Drink mit deinem Namen.
Nachdem ich aufgelegt hatte, blieb ich stehen. Ein paar weitere Nachtfenster leuchteten im Wohnblock auf der anderen Seite. Irgendwo flackerte blau ein Fernseher. Auf der Straße fuhr ein Taxi vorbei. Eine Frau stand in einer Telefonzelle an der Ecke. Ansonsten gingen die Leute allmählich zu Bett. Ich sah die Lichter der Stadt ein Stück weiter entfernt, die Lichter all dieser Häuser, die noch viele Jahre stehen würden, auch wenn wir längst nicht mehr wären.
Leise betrat ich das Zimmer der Mädchen, die ruhig schliefen. Die Jüngere hatte die Decke weggestrampelt. Im Zimmer war es stickig. Ich machte ein Fenster auf, bevor ich das Babyphon nahm und die Treppe hinunterging. Draußen war es noch warm. Am frühen Abend hatte es geregnet, aber jetzt war alles wieder trocken. Der Regen hatte die Stadt leichter atmen lassen.
Ich läutete und hörte im Lautsprecher ein leises Summen. Ich machte die Tür auf und ging die Treppe hinauf. Das Treppenhaus sah fast genauso aus wie unseres, aber der Ge-

ruch war ein anderer. Es roch nach Malerfarbe und Apfelsinen und nach etwas, das ich nicht zuordnen konnte.
Alf machte auf und ließ mich herein.
Schön, dass du kommst, sagte er.
Ich ging hinein. Es war verwirrend, das Wohnzimmer zu betreten, in das ich gerade noch hineingeschaut hatte. Als wäre ich bis zu diesem Augenblick nur ein Zuschauer gewesen, träte jetzt aber selbst ins Rampenlicht.
Ruth küsste mich auf die Wange, als ich mich neben sie setzte. Alf brachte mir einen Drink, bevor ich etwas sagen konnte.
Ich nehme auch so einen, sagte Mia.
Nein, du hast schon genug gehabt, antwortete Alf und lachte.
Nichts ist so gut wie Alkohol an einem Werktag, meinte Ruth.
Alf ging, um noch einen Drink zu mixen.
Ich stellte das Babyphon auf den Tisch und drehte die Lautstärke auf.
Alles in Ordnung bei den Mädchen?, fragte Ruth.
Ich nickte.
Alf kam mit dem Drink zurück und sagte: Patterson behauptet, dass sie jeden Abend Wein zum Essen trinken, egal, ob es unter der Woche oder Wochenende ist. Jeden Abend, wenn die Kinder im Bett sind, ziehen sie sich schick an und schalten ihre Handys aus.
Alle lachten.
Mia sagte: Patterson hat erzählt, dass sie die Kinder einmal an Heiligabend um fünf ins Bett gesteckt haben, damit sie ihre Ruhe hatten und für sich sein konnten. Das nenne ich Beziehungspflege!

Sie lachten erneut. Ich verstand nicht, worüber sie sprachen, und fragte mich, wie viel sie getrunken hatten. Es war nur etwas mehr als eine Stunde her, dass meine Frau zu ihnen gegangen war, aber für mich fühlte es sich an, als käme ich nüchtern auf eine Feier, die schon den ganzen Abend lief.

Mia und Alf waren im Frühjahr in unsere Straße gezogen. Ihr Jüngster besuchte denselben Kindergarten wie unsere Jüngste. Beide waren Lehrer, ich wusste nicht wo, aber sie arbeiteten an zwei unterschiedlichen Schulen in der Stadt.

Meine Frau nahm eine DVD-Hülle in die Hand und hielt sie zwischen den Fingern.

Die musst du dir anschauen, sagte sie zu mir. Die ist total witzig.

Was ist das für ein Film?, fragte ich.

Mia wollte etwas sagen, wurde aber von meiner Frau unterbrochen.

Nein, sag nichts, sagte Ruth. Du musst dir den Film anschauen. Sonst ist es nicht lustig.

Alf sagte, Ruth habe die DVD ausleihen wollen, damit wir sie bei uns anschauen konnten, aber sie hätten die Regel aufgestellt, dass dieser Film die Wohnung niemals verlassen dürfe. Er grinste und ging zum DVD-Player, um ihn einzuschalten.

Es war ein Amateurvideo. Die erste Szene zeigte Mia, die vor einem Gebäude stand, das wie ein Hotel aussah. Sie sagte: »Willkommen im Hotel Regina!« Derjenige, der filmte, folgte ihr zur Rezeption, in einen Fahrstuhl, in einen Flur und in ein Zimmer. Nachdem der Kameramann ein Bett mit zwei Decken und zwei Kissen gefilmt hatte, wurde das Bild schwarz.

Ich hatte den Verdacht zu wissen, worauf das Ganze hinauslief, und merkte, wie meine Hände feucht wurden. Die nächste Szene war eine verschwommene Aufnahme von zwei Menschen, die sich liebten, offenbar in demselben Hotelzimmer. Die Geräusche waren deutlich und nicht zu verwechseln. Die Liebenden waren lediglich von der Seite zu sehen, und man konnte nicht erkennen, wer sie waren, aber ich ging davon aus, dass es sich um Alf und Mia handelte. Ich saß auf dem Sofa und sah Alfs weißen Hintern wie eine Pumpe auf und niedergehen. Ich sah Mias Beine, die sich um Alfs Rücken schlangen.
Die anderen lachten und warteten auf meine Reaktion. Es war offensichtlich, dass sie die Aufnahme schon gesehen hatten und die größte Attraktion jetzt darin bestand, meinen Gesichtsausdruck zu sehen. Ich wusste nicht, was ich sagen sollte. Ich saß einfach nur da und hörte, wie sich die Geräusche der DVD mit dem Rauschen des Babyphons vermischten. Ich meinte zu hören, dass sich eins der Mädchen im Bett umdrehte und seufzte.
Ab einem bestimmten Zeitpunkt sah es so aus, als sei die Kamera vom Stativ oder von was auch immer gefallen. Das Bild wurde jedenfalls schwarz, dann tauchte Alf ganz dicht vor der Kamera auf, vollkommen nackt. Er schüttelte sich vor Lachen. Dann ging er zurück zum Bett und legte sich wieder auf Mia. Beide lachten in die Kamera.
Der Film ist von unserer Hochzeitsreise in Rom, sagte Mia. Wir wollten ihn zur Erinnerung haben.
Eine schöne Erinnerung nenne ich das. Ruth lachte.
Wir dachten, wir könnten einen Amateurporno drehen, sagte Alf. Aber was herauskam, war kein Porno, es war nur Amateur.

So kann man keinen Porno drehen, sagte Mia. Das hier ist einfach nur lächerlich.
Auf dem Bildschirm sah ich Mia und Alf lachen. Sie hatten die Kamera mit ins Bett genommen und filmten sich, wie sie da lagen. Eigentlich war dies das einzig Schöne an dem Film. Die ruhigen Bilder von zweien, die sich gerade geliebt hatten und engumschlungen in einem Bett in Rom lagen. Ganz zum Schluss stellten sie sich ans Fenster und filmten die Straße, auf der Motorroller in der Dämmerung vorbeifuhren.
War der nicht witzig?, fragte Ruth.
Wir sollten ihn an eins dieser Programme mit Amateurvideos schicken, sagte Mia und kicherte.
Nie im Leben!, sagte Alf.
Ich fragte mich, ob Ruth erzählt hatte, dass wir jetzt eigentlich in Paris sein wollten. Ich tippte darauf, dass sie nichts gesagt hatte. Ruth nahm das Ganze leichter als ich. Sie lebte fast so weiter, als wäre nichts passiert. Bald würde sie gezwungen sein, sich damit auseinanderzusetzen.
Gefällt dir eigentlich das Sofa?, fragte Ruth.
Absolut, sagte ich.
Ich hatte das Sofa ganz vergessen, jetzt stand ich auf, um es mir näher anzuschauen. Es war ein grünes Sofa mit Armlehnen aus Eiche.
Ein schönes Sofa, sagte ich.
Siehst du, was es für eine Farbe hat?, fragte Ruth.
Rosa?
Wir lachten und tranken.
Es gefällt mir, sagte ich.
Man sitzt bequem darauf, sagte Alf. Es eignet sich auch gut zum Fernsehen.

Ein bisschen zu gut, sagte Mia. Seit wir das Sofa im Haus haben, tun wir nichts anderes mehr. Stimmt's, Alf?
Ich trank, während Alf eine Platte auflegte.
Ich sah zu Ruth hinüber und wurde plötzlich rastlos.
Und wie liebt es sich auf dem Sofa?, fragte meine Frau.
Das haben wir noch nicht ausprobiert, sagte Mia.
Von wegen, sagte Alf. Es ist perfekt.
Sie lachten und redeten weiter, aber ich hörte nicht mehr zu. Ich hatte ein merkwürdiges Gefühl von Scham und wollte nur noch raus aus diesem Zimmer. Ich stand auf und stellte mich ans Fenster. Erinnerte mich an unsere eigene Hochzeitsreise. Wir waren nach Paris gefahren und hatten in einem Hotel an der Seine gewohnt. Abends konnten wir den Verkehr hören. Ich weiß noch, wie wir einmal am Hotelfenster saßen und hinunter auf die Lichter und den Fluss schauten, und genau in dem Moment wusste ich, dass ich alles hatte, was das Leben einem bieten konnte.
Ich sah hinüber zu unserer Wohnung und dachte an unsere eigenen Möbel, an die Stühle und Tische und Sofas, die auf der anderen Straßenseite standen, Möbel, die wir gekauft hatten, nachdem wir wochenlang hin und her überlegt hatten, Möbel, die wir hatten anliefern lassen und die starke Männer, ohne zu murren, all die Treppen hinaufgetragen hatten. Jetzt waren die Möbel etwas zerschlissen, wir hatten sie kaputtgewohnt, wir hatten sie überlebt, wir hatten sie in all den Monaten, all den Wintern und Sommern, all den Nächten und Tagen, mit all unseren Bewegungen und Begegnungen, Streitereien und Liebkosungen zerschlissen.
Auf welchen Möbeln haben wir uns geliebt, Ruth und ich?
Nachdem wir eingezogen waren, hatten wir uns eine ganze Zeitlang nur geliebt, überall, früh und spät. Wir hatten uns

selbstverständlich im Bett und auf dem Sofa geliebt, aber ich erinnerte mich auch, dass wir uns auf dem Fußboden, auf dem Wohnzimmertisch und auf der Arbeitsplatte in der Küche geliebt hatten. Einmal sogar im Bad, während wir Gäste hatten. Wir hatten uns auf einem der neuen Küchenstühle geliebt, Ruth auf mir drauf.

Ich wusste nicht mehr, ob wir uns auch im grünen Ohrensessel geliebt hatten. Wir hatten ihn nach den anderen Möbeln gekauft, vor wenigen Jahren erst. Ruth saß gern darin, wenn sie las oder telefonierte. Ich versuchte, Ruth und mich auf dem Sessel vor mir zu sehen, aber es kamen keine Bilder. Ich konnte mich nicht an intime Handlungen im Ohrensessel erinnern. Die fehlenden Bilder stimmten mich melancholisch.

Als Ruth im Krankenhaus war, bin ich von Zimmer zu Zimmer gegangen, habe da gestanden, wo Ruth gerne stand, da gesessen, wo Ruth gerne saß. Ich hatte alles berührt, was ihr gehörte, ihre Kleider, ihre Lesebrille, ihre Schminksachen, ihre Schuhe. Zum ersten Mal hatte ich es vermieden, die Treppe hinauf in unsere Wohnung zu gehen. Nachdem ich sie im Krankenhaus besucht hatte, lief ich mit den Mädchen ziellos durch die Stadt, ich wollte nicht nach Hause, wollte nicht hinaufgehen in Zimmer, in denen ihre Geräusche fehlten. In denen sie fehlte.

Ich ging wieder zum Sofa und setzte mich.

Noch einen Drink?, fragte Alf.

Nein, danke, sagte Ruth.

Sie schlug mir auf den Oberschenkel: Was meinst du? Wollen wir uns auf den Weg machen?

Ja, es ist spät, sagte ich. Wir müssen früh raus.

 Ja, wir auch, sagte Mia.

Schaut mal wieder vorbei, sagte Alf.

Als wir aufstanden, betrachtete ich meine Frau. Sie war immer noch dünn und blass, aber etwas von ihrer Kraft war zurück. Ich wusste, dass wir einen weiten Weg hinter uns hatten. Sie und ich hatten einen weiten Weg hinter uns.

Typisch du Du hast oben bei uns ein Licht angeknipst und zeigst darauf Früher als du noch Spätschichten gemacht hast wolltest du immer dass ein Licht brennt Ein Licht Dann konntest du zum Fenster hochsehen wenn du um die Ecke kamst Zu diesem Fenster das überall in der Welt sein konnte In London Paris Lissabon Norrköping New York Aber es war in unserer Straße In unserer Wohnung Unser Fenster Du sagst bei Licht schläft man besser Und jeden Abend bevor du ins Bett kommst machst du im Wohnzimmer oder in der Küche ein Licht an Ein Licht das die ganze Nacht brennt Du sagst es ist eine Form von Optimismus Eine Art zu überleben / Ei du dummer dummer Junge Jetzt willst du dass ich mitten auf der Straße stehen bleibe und dich küsse Wir küssen uns mitten auf dieser Straße die unsere ist Ich nehme deinen Kopf in meine Hände Ich liebe deinen Kopf Die Form deines Kopfes Du hast so eine schöne Kopfform habe ich am ersten Abend gesagt Weißt du noch? Natürlich weißt du das noch Du weißt noch alles Und ich würde diesen Kopf aus großer Entfernung erkennen Auch wenn ich blind wäre würde ich ihn erkennen Ich bräuchte nur meine Hände zu Hilfe zu nehmen und würde deinen Kopf erkennen / Im vierten Stock angekommen putze ich mir die Zähne und mache mich fertig Mir fällt auf wie müde ich bin Zweidrittel meines linken Lungenflügels sind weg Das jagt mir große Angst ein Aber ich werde wieder gesund Das weiß ich Ich muss daran glauben Ich muss ganz fest daran glauben Als ich aus dem Bad komme sitzt du im Dunkeln und weinst leise Ach du Ich bin stärker als du Ich bin diejenige die krank ist aber ich muss dich trösten Und das macht mir solche Angst und das macht mich so glücklich Ich sehe die Loyalität in all deinen Bewegungen Ich weiß du würdest alles für mich tun Alles / Ich frage was los ist Du sagst es ist nichts und versuchst zu verbergen dass du geweint hast Ich streiche dir mit der Hand über den Kopf Spüre es an meiner Hand Warum weinst du frage ich Du antwortest nicht Dann weinst du so dass dein Körper bebt Und ich halte dich fest Ich frage ob es der Film war Es tut mir so leid Ich weiß dass du so einen Film nie drehen könntest So etwas könntest du nicht Und dafür liebe ich dich Auf unsere Hochzeitsreise wolltest du nicht einmal eine Kamera mitnehmen Du würdest dich an alles erinnern hast du gesagt Ich musste eine Kamera ins Gepäck schmuggeln um überhaupt ein paar Bilder von Paris zu bekommen / Und du küsst mich Du dummer Mann Du küsst mich Ich nehme dich auf Ich erwidere deinen Kuss Spüre Lust in mir aufsteigen Ich möchte dich ins Schlafzimmer führen aber du ziehst mich wieder nach unten auf den grünen Ohrensessel Und ich spüre deine Kraft Du hast immer noch eine solche Kraft in dir Du ziehst mich aus Ich sitze nackt auf dir in unserem Ohrensessel Ich küsse dich Halte dich fest Streichle dich Und du küsst meine Brüste und hältst mich fest Und ich fange an mich auf dir zu bewegen Und ich höre an deinem Atem dass die Trauer zur Lust geworden ist Und ich ziehe dir die Hose aus und nehme dein Glied in den Mund Und dann sitze ich wieder auf dir Spüre wie du mich erfüllst Die langen Striche die du begonnen hast in mir zu ziehen Einmal vor langer Zeit Als das hier noch nicht war Jetzt gehen sie einfach in mir weiter Gehen weiter Gehen weiter bis ich komme Ich spüre deine Hand auf meinem Mund als ich anfange zu schreien / Du schläfst rasch ein Die Kraft hat dich wieder verlassen Du hast geweint und ich habe dich festgehalten Ich habe dir etwas zugeflüstert Noch einmal Jemand muss zu dem kleinen Prozentsatz gehören der überlebt Dazu muss auch jemand gehören Jetzt liegst du reglos neben mir im Bett Ich kann nicht schlafen Spüre nur die Nachtluft die über uns hinwegstreicht Ich weiß nicht mehr was richtig ist oder was ich tun soll Ich muss meinem Instinkt folgen Ich muss einfach weitermachen Weitermachen Und weitermachen / Ich bleibe auf der Bettkante sitzen Betrachte dich während du schläfst Deinen Kopf Deine Lider Deine Brust Dein Glied Mein lieber guter Junge Ich sehe die Röntgenaufnahmen vor mir die die Ärzte an leuchtende Tafeln gehängt haben Sie haben mein Inneres fotografiert Sie haben mich durchleuchtet Was sie nicht alles zu meinem Inneren sagen konnten Was sie nicht alles über meinen Körper sagten All die Wörter die sie benutzten Wie wenig sie wussten / Was ist? fragst du hinter mir Ich drehe mich um und streichle dich War sicher du würdest schlafen Schlaf du nur sage ich Und du murmelst etwas und lässt dich zurück ins Bett fallen Rückst das Kopfkissen zurecht um die richtige Position zu finden Eine Minute später höre ich an deinem Atem dass du schläfst Ein ruhiger gleichmäßiger Atem Ich gehe ins Wohnzimmer Gehe durch unsere Zimmer Überprüfe die Türen Schaue nach den Mädchen Trinke in der Küche ein Glas Wasser Stelle mich im Wohnzimmer ans Fenster Betrachte die Stadt Sehe dass das Licht aus den Gebäuden gewichen ist Alles ist still Wie lange wohnen wir hier schon Liebster Wie viele Jahre haben wir gehabt Liebster Ich weiß es nicht mehr Du bist derjenige der so etwas weiß / Früher dachte ich die Aussicht würde sich ändern Würde sich mit uns ändern Aber alles ist gleich geblieben Nur die Jahreszeiten verändern die Straße Der schmutzige Schnee im Winter Das Licht im Frühjahr Der Regen im Herbst Einen Augenblick lang verschmelze ich mit der Dunkelheit in meinem eigenen Fenster Ich nehme die Geräusche in mir auf die nachts so viel lauter sind Die Geräusche der Stadt die nachts andere sind Am Tag kann man sehen wie Mädchen ins Ballettstudio gehen Man hört Klaviermusik und jemanden der Anweisungen gibt An späten Sommertagen kann man Radio hören Leute die sich streiten Leute die zu laut lachen Man hört die Straßenbahn hinter dem Park Betrunkene die auf dem Bürgersteig grölen Ich denke an diejenigen die auf der anderen Straßenseite schlafen In den Wohnungen dort Mädchen und Jungen Frauen und Männer Sie liegen in verschiedenen Zimmern im Dunkeln Getrennt von Wänden Vielleicht nur wenige Zentimeter voneinander entfernt Vielleicht kennen sie einander nicht einmal Vielleicht grüßen sie sich wenn sie sich im Treppenhaus begegnen Sie liegen im Dunkeln Atmen und versuchen zu schlafen Warten darauf dass der Morgen kommt Bald kommen die Zeitungsjungen auf dem Moped Bald fährt die erste Straßenbahn Vielleicht wachen sie auf Vielleicht schlafen sie wieder ein Vielleicht träumen sie davon dass sie jemanden kennenlernen den sie lieben Sie ziehen die Decke bis zum Hals und träumen davon mit der Handfläche ein Gesicht zu liebkosen So wie ich es bei dir tun durfte Es ist spät / Wir müssen heute früh raus Du und ich und die Mädchen Ich merke wie müde ich bin Ich glaube ich kann jetzt schlafen Ja ich kann jetzt schlafen Liebster Ich knipse im Wohnzimmer ein Licht an Knipse die alte Lampe hinter dem Ohrensessel an Dann gehe ich zurück ins Bett und schmiege mich an dich

Peter Adolphsen

Das Herz des Urpferds

Erzählung. 112 Seiten, gebunden

ISBN 978-3-312-00414-0

In äußerster Verdichtung verknüpft Peter Adolphsen die Geschichte der Erde mit dem Aufeinandertreffen zweier Menschen an einem Sommertag im Jahr 1973 in Austin, Texas. Ausgerüstet mit Ironie und Scharfsinn präsentiert der originellste dänische Schriftsteller der jüngeren Generation eine aberwitzige und zugleich zwingende Abfolge von Materie, Energie und dem Zufall, aus dem unser Leben besteht.

«Adolphsens Prosa ist kälter als Christensens Lyrik, aber er hat einen Sinn für die Sprache der Wissenschaft, die er begeistert und schöpferisch wie kein Zweiter einsetzt, er macht konkrete Poesie daraus. Gibt es überhaupt einen anderen Autor, der sich wie er einen Rausch anschreibt und dabei so nüchtern bleibt?»
Peter Urban-Halle, *Neue Zürcher Zeitung*

Nagel & Kimche

Silvio Huonder

Wieder ein Jahr, abends am See

Erzählungen. 176 Seiten, gebunden

ISBN 978-3-312-00406-5

In seinen Erzählungen zeigt sich Silvio Huonder als virtuoser Autor, mit einem bestechenden Talent, Spannung zu erzeugen. Nun sind seine besten – einige davon preisgekrönt oder verfilmt, die meisten bislang unveröffentlicht – in einem Band versammelt. Sie handeln vom Einbruch des Unheimlichen ins alltägliche Leben und von den gefährlichen Wendungen, die harmlose Ereignisse plötzlich nehmen können.

«Kleine inspirierende Kunstwerke, spannend, stimmig und mit einem erfrischenden Blick auf die Gesellschaft samt ihrer Anomalien.» Eva-Maria Lindner, *Süddeutsche Zeitung*

Nagel & Kimche